Marco Malvaldi
Die Einsamkeit des Barista

Zu diesem Buch

Hauptsache reden – das ist die Maxime der vier nicht mehr ganz taufrischen Senioren, die in Massimos Bar einen Großteil ihrer Zeit verbringen. Und damit nicht nur dem jungen Barista gehörig auf die Nerven fallen. Nicht einmal vor dem Kommissar ihres toskanischen Städtchens machen sie halt, wenn sie sich mal wieder über irgendetwas mächtig aufregen. Kaum haben sie das Gerücht verbreitet, ein gerade in Pineta zur Wahl stehender Lokalpolitiker habe öffentlich gelogen, stirbt eine von dessen engsten Mitarbeiterinnen. Angeblich an einem Autounfall. Natürlich wissen es die mehr oder weniger rüstigen Rentner besser, oder glauben es zumindest. Wer wird am Ende Recht behalten? Die Gerüchteküche? Oder Massimos messerscharfer Verstand?

Marco Malvaldi, geboren 1974 in Pisa, wo er auch heute noch lebt, arbeitete bis vor kurzem als wissenschaftlicher Mitarbeiter in der Fakultät für Chemie der dortigen Universität. Weil seine Krimis um die vier alten Männer und den sympathischen Barbesitzer Massimo dauerhaft die italienischen Bestsellerlisten okkupieren, hat er sich mittlerweile als freier Autor selbständig gemacht. Den drei ersten Teilen seiner Toskana-Krimireihe »Im Schatten der Pineta«, »Die Schnelligkeit der Schnecke« und »Die Einsamkeit des Barista« folgte in Italien bereits ein vierter – auch dieser bei Piper in Vorbereitung. Malvaldis heiterer historischer Kriminalroman »Das Nest der Nachtigall« liegt seit kurzem ebenfalls auf Deutsch vor.

Marco Malvaldi

Die Einsamkeit des Barista

Ein Toskana-Krimi

Aus dem Italienischen
von Sigrun Zühlke

Piper München Zürich

Mehr über unsere Autoren und Bücher:
www.piper.de

Von Marco Malvaldi liegen bei Piper vor.
Im Schatten der Pineta
Die Schnelligkeit der Schnecke
Das Nest der Nachtigall

MIX
Papier aus verantwortungsvollen Quellen
FSC® C083411
www.fsc.org

Deutsche Erstausgabe
Juni 2013

Titel der amerikanischen Originalausgabe:
»Il re dei giochi«, Sellerio editore, Palermo 2010

Umschlaggestaltung: Hauptmann & Kompanie Werbeagentur, Zürich, unter Verwendung eines Fotos von Getty Images/photo by dasar (Stühle)
Satz: Kösel, Krugzell
Gesetzt aus der Scala
Papier: Munken Print von Arctic Paper Munkedals AB, Schweden
Druck und Bindung: CPI – Clausen & Bosse, Leck
Printed in Germany ISBN 978-3-27426-5

Für Samantha und Leonardo-do:
Endlich mal ein bisschen Leben …

Als ich jung war,
waren meine Flügel stark und unermüdlich,
aber ich kannte die Berge nicht.
Als ich alt war, kannte ich die Berge,
aber meine Flügel waren schwach und konnten
mich nicht mehr emportragen –
Genialität, das ist Weisheit und Jugend.

EDGAR LEE MASTERS
Spoon River Anthology

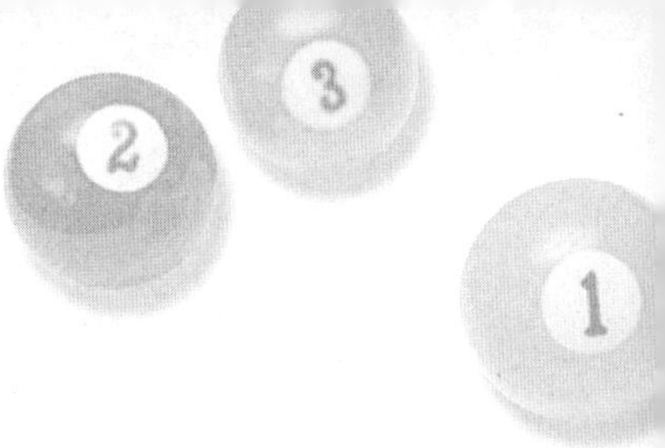

Null

Der Billardtisch ist sehr schön.

Seine Füße sind stark, sie stehen fest auf der Erde und verleihen ihm etwas Unverrückbares, als sei er immer schon da gewesen, von Anbeginn der Zeiten an oder sogar noch früher. An den Wänden befinden sich zwei Halter mit jeweils zehn absolut gleich aussehenden Billardstöcken, was bedeutet, dass das Billard neu ist und noch kein Ersatz gekauft werden musste für kaputtgegangene oder gestohlene Stöcke. Über dem Billardtisch sind drei Hängelampen zu sehen, grün aus Tradition, auf deren Lampenschirm wie eine magische Zauberformel steht: Mari Billards.

Doch all das bemerkt man nur, wenn diese Lampen aus sind.

Werden sie hingegen eingeschaltet, ändert sich alles. Wenn jemand sie einschaltet, so hieß es, materialisiert sich plötzlich ein Rechteck aus hypnotisierendem Grün, welches das Zimmer mit einem ganz eigenen Licht erhellt. Dann scheint der Billardtisch nicht mehr schwer auf dem Boden zu lasten, sondern sich förmlich emporzuheben.

Auf dem grünen Rechteck kreisen glänzende Kugeln, die sich erhaben bewegen. Sie rollen perfekt gerade, klacken mit beruhigendem Ton aneinander und stoßen sich von den Banden ab, als gehorchten sie, losgelöst vom lärmenden und vibrierenden Rest der Welt, idealen, geometrischen und perfekten Gesetzen.

Der Billardtisch kann nur über würdige, weise Mittelsmänner mit der Außenwelt kommunizieren, Spieler genannt, die sich gemessenen Schrittes in wohl einstudierten Formationen um das Rechteck bewegen. Jene Kundigen teilen ihre Entscheidungen dem Billard über Zepter mit, die sie auf rätselhafte Weise bewegen, indem sie das eine Ende kraftvoll schwenken, während sie das andere leicht wie eine Feder führen. Kraft und Präzision aufs Engste vereint. Dem zufälligen Beobachter, der angesichts der unnatürlichen Perfektion des Spiels fasziniert stehen bleibt, kann es vorkommen, als werde er Zeuge von etwas Übernatürlichem.

So, könnte er denken, muss Platon sich die unwandelbaren Formen vorgestellt haben, von denen wir nur die Schatten an den Höhlenwänden sehen.

So könnte, vielleicht, die Welt der Ideen aussehen.

Es scheint, als hätte hier, in der Mitte des Tisches, die Realität keine Macht und müsse der Perfektion Platz machen.

Ein Jammer nur, dass einer der Weisen, den man Ampelio nennt, häufig anfängt, den Namen der Madonna lästerlich im Munde zu führen; dann bekommt die ganze Atmosphäre einen Knacks, die Realität befreit sich mit einem beherzten Tritt vors Schienbein von der Vollkommenheit, und aus der fernen Poesie Attikas gerissen, findet man sich plötzlich in Pineta wieder.

»Geh über die Ecke.«

»Nein, immer mit der Ruhe, ich seh sie doch.«

»Ich hab gesagt, geh über die Ecke.«

»Und ich sage dir, dass ich sie sehe.«

»Aber was willst du denn sehen, aber was ...«

»Wenn du vielleicht mal ganz kurz still sein würdest, ich versuche, einen Stoß zu machen. Danke.«

»Ich würde über die Ecke gehen.«

»Ampelio, das letzte Mal, dass ich auf dich gehört habe, da hatten wir noch den König. Und dann war's auch noch ein Fehler. Also lass mich stoßen.«

»Mach nur, mach nur«, brummelt Ampelio. »Aber dann richte dich nicht noch mal auf, sondern bleib so vornübergebeugt. Wenn du dich schon zum Affen machen musst, dann wenigstens schnell.«

Aldo beugt sich vor, visiert die Kugel an und lässt den Stock sanft vor und zurück gleiten. Immer noch sanft versetzt er der weißen Kugel einen Stoß, die direkt auf die gelbe Kugel zurollt. Noch viel sanfter streift die weiße Kugel, bevor sie auf die gelbe trifft, einen weißen Kegel, der ins Schwanken gerät und umfällt. Alles andere als einfühlsam teilt Ampelio Aldo mit, dass er von Tuten und Blasen keine Ahnung habe. Aldo breitet die Arme aus, Rimediotti kichert schadenfroh, und Pilade notiert das Ergebnis.

»Aldo verschenkt zwei. Wir einundfünfzig, die neununddreißig. Das Spiel geht an uns. Für mich einen Averna.«

»Für mich einen *corretto al sassolino*«, sagt Rimediotti, während er den Stock in den Halter zurückstellt.

»Ich nehme eine Limonade. Und du, Ampelio, was willst du?«

»Einen neuen Mitspieler, das will ich.«

»Und nichts zu trinken?«

»Nein, nichts. Weißt du was? Ich hätte Lust auf ein Eis ...«

Gesagt, getan. Aldo nimmt die kleine grüne Schürze ab, die er sich umgebunden hat, um seine Hosen nicht zu beschmutzen, wenn er sich gegen den Tisch lehnt, und wiederholt die Bestellungen automatisch mit leiser Stimme, wie er es in seinem Restaurant tun würde. Aber ja, dem Boccaccio! Genau dem, wo man wirklich gut isst, dem mit den unglaublich phantasievollen Vorspeisen. Sehr gut, das mit diesem riesigen Koch, der, falls man es einmal wagt, ein kritisches Wort über das Essen fallen zu lassen, und der Ton stimmt nicht ganz, innerhalb von zehn Sekunden neben einem steht und einen anglotzt, als würde er einem liebend gerne eine Portion Ohrfeigen servieren, wenn da leider nicht die anderen Gäste wären.

»Averna, *corretto sassolino*, ein neuer Mitspieler. Falls die Mitspieler aus sind, ein Eis. Was für ein Eis?«

»Joghurt und Schokolade. In der Waffel, nicht im Becher.«

»In der Waffel, in der Waffel.«

Aldo geht vom Billardraum durch einen kurzen Flur in den Hauptraum der Bar. Hinter dem Tresen stehen zwei Personen. Eine hübsche junge Frau mit rotem Haar, was einem jedoch erst als Zweites auffällt. Die zweite Person ist um die fünfunddreißig, hat schwarze, gelockte Haare, das Profil eines sarazenischen Piraten mit einer langen Adlernase und einen halb aufmerksamen, halb mürrischen Gesichtsausdruck. Wenn ihr die Bar kennt, dann wisst ihr ganz genau, dass die junge Frau Tiziana heißt und dass das Erste, was einem an ihr auffällt, ein paar wunderschöne Brüste sind. Des Weiteren wisst ihr, dass der Typ mit dem Piratengesicht Massimo heißt und ihm die Bar gehört und dass er aus irgendeinem seltsamen Grund fest davon überzeugt ist, der Gast wisse nicht immer von alleine, was er bestellen sollte. In diesem Augenblick ist Massimo gerade dabei, einen Behälter mit einer Wolke aus glattem, weichem und kompaktem weißem Eis, das gerade aus der Eismaschine kommt, in die Eistheke zu stellen. Der Behälter passt nicht gleich in den Zwischenraum, und Massimo, der so viele gute Eigenschaften hat, dem es jedoch an handwerklicher Geschicklichkeit mangelt, versucht, ihn an seinen Platz zu schieben, indem er ihn systematisch vor und zurück bewegt. In Wirklichkeit würde er ihn am liebsten hineinprügeln, aber er reißt sich zusammen.

Aldo fängt schon an zu sprechen, als er den Tresen noch nicht erreicht hat, gerade so, wie er es im Restaurant macht, wenn er in die Küche kommt, nachdem er die Bestellungen aufgenommen hat.

»Massimo, mach mir bitte eine Limonade, einen Averna, einen *corretto al sassolino*. Und ein Eis in der Waffel, Joghurt und Schokolade. Danke.«

»Limonade, Averna, *corretto al sassolino*«, antwortet Massimo in neutralem Ton, ohne den Blick von der Eistheke zu nehmen.

»Und ein Eis in der Waffel, Joghurt und Schokolade.«

»Da bin ich mir nicht sicher. Wie lange spielt ihr noch?«

»Keine Ahnung, ein oder zwei Partien.«

»Ein oder zwei Partien. Also kein Eis in der Waffel.«

»Komm schon, stell dich nicht so kindisch an, bitte. Wenn du rein möchtest, wir sind in einer halben Stunde fertig.«

»Es geht nicht darum, dass ich spielen möchte. Es geht darum, dass ihr spielt.«

»Na gut. Und was hat das, bitte schön, miteinander zu tun?«

»Wer hat vor einer Woche den Tisch verschmutzt, indem er einen Riesenkübel Nusseis darüber ausgekippt hat?«, fragt Massimo, während er weiterhin, allerdings immer gewaltsamer, versucht, den Eisbehälter davon zu überzeugen, an seinen Platz zu passen.

»Ah, deshalb. Ja, zugegeben, das war Ampelio. Aber jetzt …«

»Und wer hat das Tuch dann mit so viel Liebe und Geduld wieder sauber gemacht?«, insistiert Massimo, der inzwischen doch angefangen hat, auf den Eisbehälter einzuschlagen.

»Massimo?«, rät Aldo, längst unfreiwillig der Mäeutik des Barista auf den Leim gegangen.

»Genau. Bestanden. Zur Belohnung schulde ich dir eine Erklärung. Da mein Großvater immer gestikuliert wie ein Börsenhändler, auch wenn er isst, gebe ich ihm kein Eis in der Waffel, solange er sich in einem Umkreis kleiner als sechs Meter um den Billardtisch aufhält.«

»Und jetzt? Du würdest es ihm wohl auch nicht im Becher geben, oder?«

Ein Wunder. Der Eisbehälter ist an seinen Platz gerutscht, und Massimo beäugt ihn misstrauisch, als wollte er sagen, wenn du gleich gewollt hättest, hättest du's leichter haben können. Dann blickt er Aldo an.

»Nichts. Weder Waffel noch Becher. Hinterher, wenn ihr fertig seid, gebe ich ihm sogar zwei in der Waffel.«

Aldo breitet die Arme aus. In der Zwischenzeit hat Tiziana unbemerkt den ganzen Rest der Bestellung auf ein Tablett gestellt, das sie Aldo nun über den Tresen hinweg reicht. Aldo, ganz Gentleman und Mann von Welt, lächelt sie an, sieht ihr in die Augen, bedankt sich, nimmt das Tablett und geht. Massimo ordnet in der Zwischenzeit die übrigen Behälter neu, die nicht alle perfekt parallel zueinander stehen, was ihn ärgert. Tiziana hört auf zu lächeln und sieht ihn böse an.

»Du bist schrecklich.«

»Nein, ich bin objektiv. Wenn ich meinem Großvater ein Schokoladeneis in die Hand gebe, dann sieht innerhalb von zwei Minuten der Billardtisch genauso aus wie das Eis.«

»Dann eben verlogen. Letztes Mal habe ich den Billardtisch sauber gemacht.«

»Stimmt. Willst du einen Euro mehr, oder gibst du dich mit der Auszeichnung als Angestellte des Monats zufrieden?«

»Es reicht mir, wenn du mir zwei Wochen Urlaub gibst. Im September.«

»Im September. In Ordnung. Kein Problem.«

»Vom zweiten bis zum achtzehnten.«

»Kein Problem. Du kannst es ja mit Überstunden ausgleichen. Lass mal sehen, als Erstes müsste das Auto gewaschen werden. Dann hab ich zu Hause noch einen ganzen Berg Bügelwäsche. Leichte Sachen, keine Sorge, keine Hemden; die geb ich meiner Mutter. Dann …«

»Massimo, komm …«

»Mach dir keine Sorgen. Vom zweiten bis zum achtzehnten September. Hör mal, in einer halben Stunde geh ich ein bisschen Billard spielen. Wenn du mich brauchst, ruf mich.«

»Gut. Danke.« Jetzt reicht Tizianas Lächeln von einem Ohr zum anderen.

»Keine Ursache, wär ja noch schöner. Außerdem, im September …«, er unterbricht sich, als er Ampelio kommen sieht, »… sind ja sowieso nur noch die Alten hier. Was gibt's, Großvater?«

»Muss ich dir das wirklich sagen?«, grummelt Ampelio.

»Nein, vielleicht ist es besser, wenn ich versuche zu raten. Du willst mir was befehlen, stimmt's?«

»Befehlen? Mein Feldwebel, der hat befohlen! Capecchi hieß er, kam aus Reggio Emilia. Der hat befohlen, und wir mussten alle machen, was er gesagt hat. Und da hat man wirklich seine Haut riskiert, da gab's keine Widerworte. Als ich jung war, wenn da einer was befohlen hat, dann wurde das gemacht. Heute bin ich alt und schon gar nicht beim Militär, *maremma cingiale*, aber nicht mal an der Bar krieg ich, was ich will. Sag du mir, ob das normal ist!«

»Zu allererst, schrei nicht so herum. Ich bin nicht Oma Tilde, und ich höre, auch wenn du nicht herumbrüllst wie ein Muezzin. Zweitens, mit dem armen Feldwebel Capecchi quälst du mich schon ein Leben lang, also lassen wir ihn in Frieden ruhen. Drittens, dass ich dir kein Eis gebe, hängt einzig und allein mit meinem Wunsch zusammen, der Billardtisch möge sauber bleiben. Da ein Eis für dich und ein sauberer Billardtisch nachweislich zwei einander widersprechende Angelegenheiten sind, gebe ich dir kein Eis. In einer halben Stunde, wenn ihr fertig seid, gebe ich dir so viel Eis, wie du willst.«

»Hm! So viel ich will. Schön wär's«, knurrt Ampelio.

»Hast recht«, stimmt Massimo zu. »Sagen wir, ich gebe dir eins.«

»Mach mir einen Kaffee, ja.«

»Trinkst du ihn hier?«, fragt Tiziana, während sie sich an der Kaffeemaschine zu schaffen macht.

»Nein, ich nehm ihn mit nach hinten zum Billard und schütte ihn da aus. Zumindest kostet der nicht so viel wie das Eis.«

Da mischt sich Pilade, der seinerseits aus dem Billardzimmer hereingekommen ist, mit seinem nur allzu vertrauten Ton lästiger Autorität ein.

»Als ob du hier bezahlen würdest, also wirklich ...«

Da ist nichts zu machen: Es gibt einfach Menschen

auf der Welt, denen von Natur aus unbestreitbare Talente in die Wiege gelegt werden, welche sich bereits extrem früh bemerkbar machen. In der überaus gelehrten Biografie Aberts über Mozart steht, dass dieser sein erstes Menuett bereits mit vier Jahren komponierte, als er noch kaum an die Tasten reichte. Ganz ähnlich gibt es Schwarz-Weiß-Fotografien, die Diego Armando Maradona mit acht Jahren beim Fußballspielen zeigen, auf denen er den Ball mit einer Sicherheit in der Luft hält, wie sie sogar bei einem Erwachsenen zutiefst beeindruckend wäre.

Genauso war Pilade Del Tacca wahrscheinlich schon als kleines Kind, also lange bevor er Kommunalbeamter wurde, in der Lage, sich über jedes erträgliche Maß hinaus lästig und nervtötend zu verhalten; vergleichbare Meisterschaft ist ohne natürliche Begabung einfach nicht zu erreichen. Es war nicht zu übersehen, wie der gute Pilade das Menschengeschlecht reizte und auch noch Spaß dabei hatte. Er war stets heiter, aufgeräumt und unerschütterlich. Die gute Laune eines Menschen, der sich weder Gedanken macht noch jemals welche gemacht hat; die gute Laune eines Menschen, für den das Leben wie ein langer, ruhiger Fluss ist, der Frühstück, Mittagessen, Abendessen und Nachmittage in der Bar mit sich bringt. Die gute Laune also eines Menschen, der in seinem ganzen Leben noch keinen Handschlag getan hat und auch noch stolz darauf ist.

Gegenüber diesem Menschen empfand Massimo jetzt gerade widerstreitende Gefühle; weil er ein Problem für ihn gelöst und gleichzeitig ein neues geschaffen hatte. Im Grunde, wenn auch mit Massimos Billigung, stammte die Idee mit dem Billard nämlich von ihm.

Die Räumlichkeiten, in denen sich Massimos Bar befand, waren sehr groß. Massimo hatte sie vor Jahren erstanden, als er dank einer einmaligen Fügung des Schicksals im Fußballtoto dreizehn Richtige bekam und daraufhin, kurz nach der Universität, beschlossen hatte, da seine Berufung nicht in der Mathematik lag, eine Bar aufzumachen. Oder besser: Er würde als *barista*, wie er sich zu nennen und von sich zu denken pflegte, arbeiten.

Ein Teil dieser Räumlichkeiten, ein fensterloses, großes, dunkles Zimmer mit nur einer einzigen Öffnung nach draußen, war beinahe ungenutzt geblieben; Massimo verwendete es zunächst als Lager für unverderbliche Waren, auch weil schon ein schöner Batzen Geld verbraucht war, nachdem er die Räume gekauft und eingerichtet hatte. Daher hatte er beschlossen, es erst einzurichten, wenn die Bar liefe.

Aber dann, nach und nach, fing die Bar an zu laufen. Und wie. Nach der Anfangszeit, als die Einwohner Pinetas hauptsächlich aus Neugier angezogen wurden, wurde die BarLume im wahrsten Sinne des Wortes »Massimos Bar«.

Vorübergehend war Massimo aufgrund seiner nur wenig ausgeprägten Neigung, den Gästen das Recht auf eigene Entscheidungen zuzugestehen, die Hauptattraktion. Da offensichtlich einer gewissen Anzahl von Personen diese außergewöhnliche Behandlung gefiel, oder weil man ordentlich damit angeben konnte, seine Freunde dorthin mitzunehmen, »wo dieser Barista arbeitet, der einen zum Teufel jagt«, war die BarLume immer ziemlich gut besucht.

Nachdem Massimo auf eine Weise, die mehr als entscheidend gewesen war, dazu beigetragen hatte, den Schuldigen an dem Verbrechen in Pineta zu finden, war das Geschäft für eine gewisse Zeit förmlich durchgestartet. Dann war der Sommer zu Ende, die Leute vergaßen, und Massimo musste aufhören, sich wie Micky Maus aufzuführen. Von ganzem Herzen hatte er sich wieder seiner Lebensaufgabe als Barista gewidmet.

Das erste zu lösende Problem war, das Hinterzimmer einzurichten. Trotz des enormen kulturellen – sowohl wissenschaftlichen als auch humanistischen – Gepäcks, das er mit sich herumtrug, verfügte Massimo über keinerlei ästhetisches Empfinden und war ernstlich davon überzeugt, dass jeder, der auch nur das geringste Interesse für Design und Architektur hegte, halb schwachsinnig sein müsse. Immerhin erkannte er, dass dies eine persönliche Schwäche war, und hatte folglich beschlossen, einen Innenarchitekten zurate zu ziehen.

Innenarchitekt Nummer eins war ein junger Mann aus Riccione, um die fünfundzwanzig, lang und dünn wie eine Bohnenstange, der in überheblichem Tonfall unentwegt damit angab, welche Persönlichkeiten aus der Welt der Mode und des Theaters er kannte; Persönlichkeiten, die Massimo sämtlich nicht bekannt waren oder bei denen er sich hütete, sie kennenzulernen. Unter den Augen der neu ins Leben gerufenen Prüfkommission (Massimo einziges offizielles Mitglied, Tiziana als Frau mit Affinität zum Thema und die vier Vieljährigen, weil, nun ja, versuch halt mal, die irgendwo wegzuschicken) war der Innenarchitekt in das Zimmer geführt und aufgefordert worden, ein erstes Urteil abzugeben.

Der Experte hatte sich mit etwas gequälter Miene umgesehen.

»Hier?«

»Hier.«

»Ah.« – Seufzer. – »Ein bisschen begrenzt vom Platz her, sozusagen. Aber das ist kein Problem, wir werden den Raum bestens nutzen. Also, woran hattet ihr gedacht? Was wolltet ihr machen? Was soll der Output dieses Zimmers sein?«

»Wie?«

»Was du vorhast. Ballsaal, zum Beispiel, Salon für Weindegustationen, Ausstellungsraum für Vernissagen …«

»Nein, nein«, hatte sich Ampelio eingemischt, »wir dachten eher an einen Zirkus. Wissen Sie, mit Elefanten und so. Das Problem ist nur: Wo bringen wir die Trapezkünstler unter?«

»Großvater, halt den Mund, bitte. Nein, ich dachte an etwas Schlichtes, ein einfaches Zimmer, wo man was trinken kann, mit einer Stereoanlage, einem Heimkino für die Spiele ...«

Der Typ schien verstanden zu haben und war Massimo strahlend ins Wort gefallen.

»Ah, mehr brauchst du gar nicht zu sagen. Fabio hat alles verstanden. Hör zu, wir machen's so: ein schöner großer runder Diwan in der Mitte des Zimmers, ja? Wie ein riesiger Turban, auf dem man sitzen kann, ich hab da einen ganz fabelhaften aus einem leeren Lkw-Reifen, und in der Mitte über die Lehne kommt ein kleines rundes Tischchen hin, auf dem man die Gläser abstellen kann. An die Wände kommt eine umlaufende Konsole in etwa der Höhe.« Er zeigte mit der Hand eine Linie von etwa eineinhalb Metern Höhe vom Boden aus gemessen. »Ein paar Hocker hier und da, so an die zehn Stück, dazu die richtige Beleuchtung, und das Zimmer hier wird ein echtes Schmuckstückchen. Was hältst du davon?«

Ich weiß ja nicht, schien Tizianas Blick zu sagen.

Schöner Mist, sagten die Mienen der Alten in Dolby Surround.

Jetzt war Massimo an der Reihe damit, gequält zu blicken.

»Vielleicht war ich nicht deutlich genug. Ich habe gesagt, dass ich einen Raum möchte, in dem man was trinken kann, keinen Harem. Ich würde gern Lautsprecherboxen aufstellen oder ein Heimkinosystem. Zum Fußballgucken oder so was in der Art.«

»Ich verstehe, ich verstehe. Etwas, wo alle zusammen Fußball gucken oder ein Bierchen trinken können, und dann noch eine schöne Stereoanlage, was? Schließlich sind wir hier in der Provinz, nicht wahr?«

Schweigen senkte sich auf das Zimmer. Dann ergriff Pilade mit gewohntem Taktgefühl das Wort.

»Hör mal, Fabio, kannst du mir mal was erklären?«

»Aber dafür bin ich doch hier! Nur zu.«

»So dumm, wie du bist, wie hast du das geschafft, von Riccione hierher zu finden, ohne dich zu verfahren?«

Innenarchitekt Nummer zwei tauchte zwei Tage später auf, solariumgebräunt, in einen druckverbandengen Pulli mit seitlichen Knöpfen gezwängt und einem gewagten Paar Hosen, die so tief hingen, dass sie den Gummibandsaum der Unterhose vollkommen ungeschützt ließen, auf dem »Dolce & Gabbana« zu lesen stand. Als Erster ins Zimmer getreten, nach Massimos Aufforderung, schob er die Sonnenbrille hoch und musterte aufmerksam unter gezupften Brauen die Umgebung. Dann breitete sich ein Lächeln auf seinem Gesicht aus.

»Gut, gut, gut. Was hattest du hier vor? Ich darf dich doch duzen, oder?«, fragte Architekt Nummer zwei tuntig.

»Also, ich dachte an einen ruhigen Raum, wo man was trinken kann. Vielleicht mit einer Stereoanlage oder einem großen Bildschirm, um ...«

»Ja, was für eine großartige Idee! Aber sicher, sicher. Doch zuallererst brauchen wir ein bisschen Licht.«

»Licht?«, fragte Massimo.

»Ja sicher, mein Lieber ... entschuldige, wie heißt du noch?«

»Massimo«, antwortete selbiger, während er bemerkte, wie die Alten den Innenarchitekten feixend ansahen und sich gegenseitig in die Rippen boxten. Auf der anderen Seite des Zimmers bemühte sich Tiziana angestrengt, einen Lachanfall zu unterdrücken.

»Was für ein schöner Name. Kraftvoll. Ich sagte, lieber Massimo, dass es hier nicht mal ein Fenster gibt. Also, wenn du ein Zimmer beleben möchtest, dann brauchst du als Erstes Licht. Meinst du nicht?«

»Sicher«, sagte Massimo, während ihm allmählich der kalte Schweiß ausbrach, weil Gino und Ampelio sich mit eingebildeten Fächern Luft zufächelten.

»Also, fangen wir an. Hier ist etwas Diskretes gefragt, damit die müden Augen sich vom grellen Licht der Mittagssonne erholen können. Etwas Indirektes, das das ganze Zimmer umarmt und die Gäste wie Flachreliefs herausragen lässt, an so etwas dachte ich. Hier ...«, erklärte der Innenarchitekt und drehte sich um, während Pilade und Aldo, die hinter ihm standen, zu Stein erstarrten und die affektierten Küsschen, die sie sich auf den Handflächen zupusteten, mehr schlecht als recht in Zeigegesten umwandelten, »hier würde ich ein paar Spots anbringen, am besten traubenförmig angeordnet.«

»Eh ...«, machte Massimo, während er das abscheuliche Pärchen mit einem bitterbösen Blick bedachte.

»Hier hingegen ...«, fuhr der Innenarchitekt, nach

Norden gewandt, fort, »wäre eine Stehlampe ideal. Und dazu eine große Kugel, von der Decke hängend. Was hattest du dir für die Mauer vorgestellt?«

»Da würde ich was weiß ich dran machen«, sagte Massimo, während er ohnmächtig Aldo und Pilade beobachtete, die, nachdem sie sich treuherzig angeblickt hatten, einen unmöglichen Tango aufs Parkett legten – unter Tizianas Augen, die vor unterdrücktem Lachen beinahe schon blau anlief.

»Wie bitte, entschuldige?«, fragte der Innenarchitekt, drehte sich um und sah Tiziana kurz vorm Platzen. »Alles in Ordnung, mein Augenstern?«

»Augenstern« war einfach zu viel. Tiziana sah den Innenarchitekten an und explodierte, konnte sich kaum halten vor Lachen, das sie nur unterbrach, um mühsam keuchend Luft zu holen.

Der arme Innenarchitekt blickte Massimo an. Dann Aldo, der seinen Blick erwiderte, resigniert die Arme ausbreitete und sagte: »Was wollen Sie, wir sind hier in der Provinz. Einfach gestrickt.«

»Eher ungehobelt, meinen Sie wohl.« Er musterte Massimo von oben bis unten. »Entschuldigt, dass ich eure Zeit verschwendet habe. Auf Wiedersehen brauche ich wohl nicht zu sagen.«

Und damit flatterte er hinaus, wie er hereingekommen war. Ihm dicht auf den Fersen folgten die Alten, zwei und zwei, untergehakt. Massimo schaute ihnen mit unterdrücktem Hass nach.

Innenarchitekt Nummer drei hielt exakt zehn Minuten durch, also die Zeit, die man braucht, um einzutreten, sich vorzustellen, das Zimmer in Augenschein zu nehmen und himbeerfarbene Wände vorzuschlagen. Danach, allein im Zimmer zurückgeblieben, hatte Massimo entmutigt die Wände betrachtet. Das hier überstieg seine Kräfte. Während er sich um sich selbst drehte und sich fragte, ob es angebracht sei, einen weiteren Innenarchitekten zurate zu ziehen oder vielleicht doch das Zimmer als Lager zu benutzen, hatte Pilade begonnen, die Wände mit langen Schritten abzumessen. Relativ lang, weil Pilade knapp einen Meter sechzig klein und ebenso breit war und eher an eine Tomate mit Hosenträgern erinnerte als an einen Mann. Die anderen Alten beobachteten ihn nickend, und Rimediotti sagte: »Ja, ja. Es würde passen. Es würde alles reinpassen.«

»Was würde reinpassen?«, fragte Massimo.

»Ein Billardtisch würde reinpassen. Einer von diesen wahren Tischen, um *all'italiana* zu spielen, nicht diese Drecksdinger mit den Löchern, wie die Amerikaner sie haben. Ein schönes Billard, wie ich es meine.«

Stille. Und Verblüffung. Scheiße, was für eine Idee. Wundervoll. Wun-der-voll. Ein schönes Stück, mit Stil. Und bei passender Gelegenheit eine Tischplatte darüber, und schon hast du eine Abstellfläche.

Der Rest des Zimmers bleibt leer, und das Licht muss auch dazu passen, es muss von oben kommen. Keine Stuss erzählenden Innenarchitekten mehr. Und der Billardtisch immer hier, zu meiner freien Verfügung. Eine kleine Partie, wenn die Bar leer ist, das kann mir keiner verwehren.

»Sehr gut, Pilade. Ein Billard. Großartige Idee.«

Eins

»Wir kommen gleich noch einmal auf dieses schreckliche Verbrechen zurück. Aber nun ein anderes Thema. Für das in Kabul stationierte italienische Kontingent ist heute ein besonderer Tag. Um zu sehen, warum, schalten wir für einen Augenblick nach Afghanistan.«

»Da würd ich dich zu gern auch hinschicken, nach Afghanistan«, sagte Ampelio zum Fernsehmoderator. »Und zwar in Frauenkleidern, so würde ich dich da hinschicken.«

In der BarLume läuft der Fernseher nicht ständig, um die Leere zu füllen, auch wenn niemand hinsieht: Der große 40-Zoll-Bildschirm, der normalerweise als Mittler zwischen Dummheit und Welt fungiert, wird nur eingeschaltet, wenn etwas übertragen wird, das es wert ist, angesehen zu werden, und das auch nur, wenn diese Sendung gleichzeitig Massimos Billigung und die des Achtzigerrates erhält (auf das Alter bezogen, nicht auf die Anzahl der Mitglieder). Folglich wird der Fernseher in der BarLume kaum einmal eingeschaltet.

Die seltenen Gelegenheiten, bei denen das geschieht, lassen sich fast immer zwei großen Kategorien zuordnen: Sport und Wahlen. »Sport« umfasst ausschließlich Fußball und Radrennen. Alle anderen Sportarten werden ausnahmslos durch das betagte Quartett Weitsichtiger als »schwul« abgestempelt, mit Ausnahme von Rugby. Jenes Spiel nämlich wird als »englisch« eingeordnet, womit man in dieser Gegend etwas bezeichnet, wozu sich menschliche Wesen nicht herablassen sollten.

Allerdings hat auch der Radsport einen Großteil seiner Faszination eingebüßt; ein wenig wegen der ständigen Dopinggeschichten, die Champions, Mitläufer und Versager gleichermaßen betreffen, vor allem aber, weil Pantani nicht mehr dabei ist. Außerdem ist zu berücksichtigen, dass Ampelio sich weigert, die großen, klassischen Mehrtagesrennen anzusehen, seit der letzte Held, der so groß war, dass er Ampelios Phantasie das Wasser reichen konnte, von der Bildfläche verschwunden ist. Und Radrennen gucken macht ohne Ampelio nun einmal nur halb so viel Spaß.

»Schalten wir nun nach Turin, wo ein dornenreicher Erbschaftsstreit weiterhin die Familie Agnelli spaltet. Hier unser Bericht.«

»Immer noch sind die sich seit Jahren hinziehenden Erbstreitigkeiten der Agnellis nicht abgeschlossen. Zu Beginn des Sommers hatte ein Schlichter die beiden Konfliktparteien zusammengerufen, um zu klären: Hat eine der beiden überhaupt das Recht ...«

»*Ob* eine der beiden überhaupt das Recht hat, verflixt noch mal«, sagte Aldo und übertönte mit Leichtigkeit den Ton des Fernsehers mit seinem schönen Bariton. »Ein indirekter Fragesatz.«

»Ja, die Grammatik ...«, gesellte sich ihm Rimediotti bei. »Ist einfach nicht mehr modern. Wirkt altbacken. Heute redet man lieber wie der letzte Dreck, nur um jung zu wirken.«

»Ich weiß, aber das sind Journalisten. Man sollte doch meinen, die wären zur Schule gegangen. Wenigstens die Grundschule sollten die doch abgeschlossen haben.«

»Ach, zu meiner Zeit, in der Grundschule«, mischte sich Ampelio ein, »da haben die einem noch Lesen und Schreiben beigebracht. Heute lernst du erst mal Computer und Englisch. Da kannst du noch nicht mal richtig Italienisch, und die bringen dir schon Englisch bei. Ich bitte dich ...«

Was hingegen das Thema Wahlen angeht, wird alles diskutiert: Verwaltungsgremien, Politik, Europa – jedes Mal, wenn »das Volk« aufgerufen wird, zu entscheiden, von wem es sich ausrauben lässt, ist die gesamte offizielle Belegschaft der Bar zur Stelle.

Die Pensionäre verfolgen die Wechselfälle der politischen Schlachten, gleichmäßig aufgeteilt auf eine Partei pro Kopf, wie es sich für Italiener gehört, mit der Leidenschaft derjenigen, die schon vor dem Aufkommen der sogenannten Bipolarität angefangen haben, die Politik zu verfolgen.

Auf der Rechten sind da Rimediotti, von Natur aus misstrauisch und konservativ, der immer schon für die

Partei mit der Fackel gestimmt hat, auch damals, als er bereits anfing, dem Glatzkopf und seinen brillanten Ideen zu misstrauen, und Aldo, Liberaler und Freidenker von Geburt, der jede Form von Totalitarismus hasst sowie Steuern und Leute, die überzeugt davon sind, per se im Recht zu sein, und der nichtsdestotrotz Berlusconi wählt; auf der Linken stehen Del Tacca, der es ohne Probleme hinbekommt, im Inneren seines voluminösen Körpers (dessen Umfang etwa das Doppelte eines normalgewichtigen Wählers beträgt) gleichzeitig Katholizismus und Kommunismus zu leben, und Ampelio, der als alter, desillusionierter Sozialist links wählt, auch wenn er dabei stets jeden verflucht, den er wählen muss, und ihn dennoch wählt, denn wen interessiert schon sein Geschwätz von gestern.

Heute jedoch ist alles anders.

»Während des heutigen Angelus hat Seine Heiligkeit der Papst daran erinnert, dass die Wissenschaft die Grenzen der christlichen Ethik nicht überschreiten dürfe und es keinen Zweifel daran geben könne, dass das menschliche Leben mit der Empfängnis beginnt.«

»Na, guck mal einer an, und ich hab eben noch gedacht, fehlt nur noch, dass sie jetzt auch noch den Papst aus dem Hut ziehen«, sagte Ampelio, auf seinen Stock gestützt. »Lachhaft. ›Keinen Zweifel‹, sagt er. Und wenn ich aber doch welche hab, Zweifel?«

»Ach«, schaltete sich Massimo ein, »das ist doch ganz einfach. Da der Papst unfehlbar ist, bedeutet es, dass es dich nicht gibt.«

In zwei Wochen wird in Pineta gewählt, eine außerordentliche Wahl, um einen Nachfolger für den Abgeordneten Francesco Fioramonti ins Parlament zu wählen, den Senator, der beim letzten Wahlgang für die Liste der Mitte-Links-Fraktion regulär den Wahlkreis Pineta gewonnen hatte und sich kürzlich einem besseren Leben zuwandte. Genauer gesagt: Nachdem ihm klar geworden war, dass die Schulden, die sein Fuhrunternehmen angehäuft hatte, so hoch waren, dass an einen Sanierungsversuch nicht mehr zu denken war, hatte sich besagter Fioramonti nach Santo Domingo abgesetzt. Bevor er sich absetzte, hatte er noch rechtzeitig die Kasse des Unternehmens um die liquiden Mittel erleichtert: zu wenig, um die Gläubiger zu entschädigen, das stimmte, aber immer noch mehr als genug für ein beschauliches Rentnerleben im Schatten der Palmen.

Deshalb musste ein neuer Senator gewählt werden. Nun war das Problem, welches Lager man wählen sollte. In dieser Gegend hatte bis vor einigen Jahren stets der Kandidat der moderaten Linken gewonnen, mit Ergebnissen, wie sie früher nur in Bulgarien möglich waren, unabhängig davon, um welches Amt es ging. Doch seit einiger Zeit änderten sich die Dinge. Nicht etwa, dass die Einwohner Pinetas scharenweise konservativ geworden wären, nein, Politik interessierte sie nur schlicht und einfach nicht mehr die Bohne. Die vorherrschende Meinung war, dass sowieso jeder, der nach Rom geschickt wird, tendenziell ein Schurke ist, und falls er es im Augenblick der Wahl noch nicht sein sollte, es beizeiten würde, sobald er bemerkt, wie weich und komfortabel die Sessel dort sind und wie ärgerlich und unbequem das wirkliche Leben.

Daher drehte sich in der derzeitigen Runde der Wahlkampf mehr um moralische Fragen als um die politische Zugehörigkeit. Die Erinnerung an die unglaublich schlechte Figur, die Fioramontis Partei gemacht hatte, war in der Tat noch viel zu frisch, als dass die Wähler sie ignorieren konnten, die ja in der Tat jedwede Schweinerei vergessen können, wenn man ihnen nur genug Zeit dazu lässt. In Anbetracht der Folgen des Fioramonti-Skandals und beim Versuch, diese einzudämmen (seitens der Linken) oder Kapital daraus zu schlagen (seitens der Rechten), hatten alle bedeutenden Parteien Kandidaten zur Wahl gestellt, die eine saubere Weste und einen Ruf von etwa vergleichbarer Rechtschaffenheit aufzuweisen hatten.

Die gemäßigte Linke hatte ihr Schicksal in die Hände von Stefano Carpanesi gelegt, einem stolzen Spross der Parteischule, der miterlebt hatte, wie die Farbe der eigenen politischen Ideen mit dem Verstreichen der Jahre und dem konstanten Verbleichen der Sonne der Zukunft, die die Linke in ihrem Banner trug, nach und nach verwässerte. Nach Aussage seiner Freunde war er ein Idealist: ein Mensch, der sich seine Jugendträume bewahrt hatte, auch wenn die Realität dagegen arbeitete. Nach Aussage seiner Feinde war er ein Idiot. Ein dermaßener Idiot, dass er nicht in der Lage war, sich seinen Lebensunterhalt auf anständige Weise zu verdienen, und daher zwangsläufig in die Politik gehen musste. Wie auch immer, Carpanesi war frei von Vorstrafen und niemals Gegenstand irgendwelcher Ermittlungen gewesen oder verklagt worden; anständig folglich nicht nur, weil er nie irgendetwas Unanständiges begangen hatte, sondern auch, weil ihn nicht einmal der Hauch eines Verdachtes gestreift hatte.

Die gemäßigte Rechte hingegen setzte auf Pietro Di Chiara, den bekannten und geschätzten Pädiatrieprofessor, der sich bereits vor Jahren den Ruf erworben hatte, unbestechlich zu sein, als er eine Berufung auf eine C2-Professur ausgeschlagen hatte, die etwas skandalöser als gewöhnlich war. Er hatte die Missstände deutlich und mit konkreten Beweisen angeprangert, auch wenn klar war, dass er selbst nichts davon hatte, außer seiner vom Groll angefressenen Seele etwas Erleichterung zu verschaffen. Das Zeugnis der Ehrenhaftigkeit wurde ihm folglich aufgrund seiner Geißelung der Unehrenhaften verliehen: eine seltsame und nicht immer unfehlbare Methode, die aber in Italien gewöhnlich gut funktionierte.

Das sogenannte christliche Zentrum schickte den Notar Stefano Aloisi ins Rennen. Eine farblose Erscheinung aus vergangenen Zeiten, Loden im Winter und gestreiftes Hemd im Sommer, kompetent, unerhört schweigsam und (nach Aussage aller) unbestechlich, tadellos und jedem Kompromiss abhold. Wie gesagt – eine Erscheinung aus vergangenen Zeiten.

Daher wartete heute das gesamte Personal der Bar gespannt auf den Bericht aus Pineta, der die starken Kandidaten der Nation präsentieren würde. Wie in überregionalen Sendungen üblich, wurde der Nachrichtenteil nicht mit Politik eröffnet; erst kam der Krieg, es folgten die Gesellschafts- und Verbrechensmeldungen und schließlich der Papst. Danach – die Politik. Diese Gewichtung wurde natürlich vom Senat kommentiert, allerdings in Worten, die hier leider nicht vollständig wiedergegeben werden können: Es würde an Verunglimpfung grenzen. Doch nach diesem Beitrag erschien endlich die Uhr des Imperiale im Bild, die seit Jahren schon zum Symbol dieses Küstenstreifens geworden war. Gleichzeitig erklang die Stimme des Journalisten, und der Bericht begann.

»Eine Woche vor Öffnung der Wahllokale steht die Lage im infolge der Affäre Fioramonti verwaisten Wahlkreis 86 mehr denn je auf der Kippe. Den letzten Umfragen zufolge liegt der Mitte-Links-Kandidat Stefano Carpanesi im Augenblick klar vorne.«

Über den Bildschirm flimmerten Bilder von Carpanesi, der zwischen einem Mann und einer jungen Frau, bei denen er sich untergehakt hat, durch die Ruinen eines im Schlamm versunkenen Dorfes spaziert und mit ihnen spricht: ein Typ um die vierzig mit zurückweichendem Haaransatz, einem pfeffer-und-salz-farbenen Schnurrbart und einer riesigen Sonnenbrille, die bereits seit mehr als ein paar Jahren aus der Mode ist.

»Doch ebenfalls den letzten Umfragen zufolge steigt der Kurs des Mitte-Rechts-Kandidaten sichtlich, gestützt auch durch die jüngsten Äußerungen von Professorin Angelica Carrus, Carpanesis Ehefrau und Kollegin von Professor Di Chiara.«

Das Bild wechselte und zeigte nun einen langen Tisch, an dem nebeneinander hinter den jeweiligen Mikrofonen Pietro Di Chiara – ein hünenhafter Kerl mit jovialer Ausstrahlung, beinahe vollkommen kahl, der aussah, als widme er sich in seiner Freizeit hauptsächlich der Erprobung eines neuen und überaus wirksamen Düngers für Augenbrauen – und Angelica Carrus sitzen, Chefärztin für Neurologie in derselben Einrichtung, in der auch Di Chiara arbeitet: eine winzige Frau von gedrungener Statur mit tiefschwarzen Augen, strahlend weißen Zähnen und raubtierhaftem Gesichtsausdruck.

»Frau Doktor Carrus hatte jüngst in Bezug auf das unübersehbar hohe berufliche Ansehen Di Chiaras erklärt, dass es eher im Interesse der Küstenregion liegen müsse, einen exzellenten Kinderarzt zu halten, als einen mittelmäßigen Senator zu bekommen. Diese wertschätzende Äußerung könnte indirekt eine positive Auswirkung auf Di Chiaras Quoten gehabt haben, der in den Umfragen gegenüber seinem Hauptgegner Boden gutmachen kann. Der dritte Kandidat, Notar Stefano Aloisi, scheint den Anschluss nun endgültig nicht mehr halten zu können. Die aktuellsten Umfragen schreiben ihm nur noch knapp zehn Prozent der Wählerstimmen zu. In weniger als einer Woche werden wir wissen, welcher der beiden Kandidaten Fioramonti im Palazzo Madama ersetzen wird. In der Zwischenzeit zurück ins Studio.«

»Danke an unseren Korrespondenten. Und jetzt zu unserer Rubrik Önogastronomie …«

»Ja, ja«, sagte Aldo, während er mit Autorität den Fernseher ausschaltete, »das fehlt mir gerade noch, die Rubrik Önogastronomie.«

»Da ist sowieso nichts zu machen«, bemerkte Pilade und eröffnete damit offiziell die Debatte, »in der Familie, da reimt sich Grips auf Grütze.«

»Aber wirklich«, echote Rimediotti. »Allein würde der Carpanesi doch nicht mal das Wasser im Meer finden. Angeblich soll ja auch diese Geschichte, sich überhaupt zur Wahl zu stellen, auf ihrem Mist gewachsen sein. Ohne sie säße der doch immer noch auf der Gemeinde und würde Aktentaschen tragen.«

»Ist denn der arme Mann wirklich so dumm?«, wagte sich Tiziana vor, während sie die Fernbedienung weglegte, weil Aldo – ein Mann mit vielen guten Eigenschaften, aber etwas zerstreut – sie ansonsten wahrscheinlich in die Tasche gesteckt und dann einfach zu Hause verloren hätte.

»Wirklich dumm würde ich nicht sagen«, antwortete Aldo. »Nur einfach gestrickt. Einer von denen, die die Welt in Gute und Böse aufteilen. Die auf seiner Seite sind die Guten, haben recht und sagen immer die Wahrheit. Die anderen sind die Bösen, lügen schon, wenn sie nur den Mund aufmachen, und verfolgen nur ihre eigenen Interessen. Wenn er über siebzig wäre, wäre das normal. Aber wo er doch erst fünfzig ist ...«

Während Aldo die Vorzüge (wie man so sagt) und Schwächen des Kandidaten erläuterte, griff sich Rimediotti mit seiner gekrümmten Hand die Fernbedienung und machte den Fernseher wieder an, um die regionalen Nachrichten einzuschalten, die er mit großer Aufmerksamkeit verfolgte, seit die Tochter seines Metzgers hier die Gesellschafts- und Verbrechensnachrichten der Küstenregion verkündete. Und tatsächlich, der Fernseher ging an, und es erschien Valeria Fedeli im Bild, blondes Haar zu einem lockeren Zopf zusammengenommen, blauer Rock und das Mikrofon in der Hand, wie sie vor etwas stand, das bis vor Kurzem wahrscheinlich ein Auto war, jetzt jedoch nur noch ein erschreckendes Fraktal aus Glasscherben und Metall.

»Das ist die Tochter vom Fedeli«, unterstrich Rimediotti und hob damit das hervor, was er für den wesentlichen Teil der Sendung hielt (»Jemand, den ich kenne, arbeitet beim Fernsehen.«).

»Das dahinter ist die Kurve bei Procelli«, antwortete Del Tacca und brachte einen substanzielleren Aspekt zur Sprache (»Jemand, den ich kenne, könnte sich verletzt haben, wenn man bedenkt, dass der Unfall nur einen Kilometer von hier passiert ist und es noch keine Urlaubssaison ist.«). In der Zwischenzeit fasste die Journalistin die Tatsachen für die nach Unglücksfällen gierenden Zuschauer zusammen:

»Der Wagen war in südlicher Richtung unterwegs, nach Livorno, als die Fahrerin ohne erkennbaren Grund die Kontrolle über das Fahrzeug verlor und mit einer der zahlreichen Platanen am Rand der Allee zusammenstieß. Der Aufprall scheint nicht besonders heftig gewesen zu sein, aber leider hatte keiner der Insassen – soweit wir bisher wissen, Mutter und Sohn – den Sicherheitsgurt angelegt. Marina Corucci wurde bewusstlos aus dem Autowrack gezogen, ihr Zustand scheint bedenklich, aber nicht kritisch zu sein. Für den jungen Giacomo Fabbricotti kam leider jede Hilfe zu spät.«

»Marina Corucci?«, fragte Ampelio. »Das wird doch nicht die aus Pieve sein?«

»Wen meinst du, die Schwester vom Priester?«

»Ja, Marina, natürlich. Die Witwe vom Fabbricotti«, hieb Del Tacca in dieselbe Kerbe und befolgte damit eines der unzähligen Gesetze eines Bargesprächs: Um seinem Gegenüber zu verstehen zu geben, dass man selbst genau weiß, von welcher Person die Rede ist, muss jeder der Anwesenden eine eindeutige Information über die fragliche Person beisteuern. Dies dient einerseits der zweifelsfreien Klärung der Identität desjenigen, über den getratscht werden soll, andererseits erwirbt man dadurch, dass man nachweisen kann, ihn direkt zu kennen, auch das Recht, an der unmittelbar bevorstehenden Lästerrunde teilzunehmen.

»Tja, die Welt ist klein«, steuerte Rimediotti bei. »Eben redet man noch über den Carpanesi, und schon kommt man auf Marina Corucci.«

»Warum?«, fragte Tiziana. »Was hat die denn mit dem Carpanesi zu tun?«

»Ach, die sind doch schon seit Jahren befreundet«, erklärte Aldo. »Parteigenossen und Kameraden in tausend Schlachten. Immer in der ersten Reihe bei den Demonstrationen, immer Händchenhalten beim Ringelreihen. Im Augenblick ist sie übrigens seine Pressesprecherin.«

»Pressesprecherin?«

»Sag ich doch«, nickte Ampelio. »So ein Hohlkopf braucht halt irgendwen, der ihm die Zeitung vorliest. Außerdem bezahlen wir die beiden ja eh.«

»Also, ich kenne diese Frau nicht. Ich weiß nicht mal, wie die aussehen soll.«

»Klar, dass du die noch nie gesehen hast. Stell dir das nur mal vor, Marina Corucci in der Bar«, kicherte Ampelio. »Das wär ja wie Bin Laden in der Messe.«

»Und die da ...«, setzte Rimediotti erneut an, wurde jedoch von Del Tacca zum Schweigen gebracht.

»Erinnerst du dich noch an den Bericht vor dieser Sendung, wo sie den Carpanesi gezeigt haben, wie er eine untergehakt hatte und in dem Dorf zwischen den Ruinen rumlief?«

»Das Dorf, das wäre Vagli di Sotto«, hielt Aldo es für nötig zu bemerken, der im Übrigen der Einzige war, der auch über einen gewissen Sinn für Kunst verfügte.

»In diesem Dorf da zwischen den Ruinen«, fuhr Del Tacca unbeirrt fort. »Dieses Weibsbild, das war Marina, die Corucci. Massimo, du fährst nicht zufällig nach Pisa?«

Pilades Frage war berechtigt. Massimo, der sich gerade darüber klar wurde, dass alle in der Bar wie gewohnt mit dem nachmittäglichen Miteinanderplaudern begonnen hatten, hatte Maßnahmen ergriffen, um den ganzen abgeschmackten Themen zu entkommen. Bis um vier Uhr nachmittags war um diese Jahreszeit sowieso nichts los. Also hatte er zu Jacke und

Autoschlüssel gegriffen und war hinter dem Tresen hervorgekommen.

»Nein«, antwortete Massimo trocken und vermied es so, um den Gefallen gebeten zu werden, der vermutlich hinter Pilades Frage stand. Irgendetwas wie: »Wo du sowieso nach Pisa fährst, könntest du da nicht vielleicht gleich meine Telefonrechnung bezahlen, ich geb's dir dann später zurück?«

»Und wohin fährst du dann?«, fragte Ampelio.

»An einen der mannigfachen Orte auf der Erdoberfläche, die nicht Pisa sind.«

»Ich mein nur, weil, wenn du zufällig durch San Piero kommen würdest, könntest du …«

»Ich formuliere um: Ich fahre hin, wohin es mir passt. Ich werde sorgsam darauf achten, alle Orte zu vermeiden, an denen du eine kleine Gefälligkeit bräuchtest, ebenso wie alle Straßen, die dorthin führen. Was die Bestellungen angeht, so wird Tiziana euch alles geben, was ihr wollt, darunter auch das Eis für Großvater. Schönen Tag noch.«

Im Auto auf dem Weg zur Autobahn und endlich allein mit sich und seinen Gedanken, fing Massimo an, sich Luft zu machen. Wie üblich im Selbstgespräch: »Wo fährst du denn hin? Du kommst nicht zufällig da und da vorbei? Kommst du bald zurück? Einfach unglaublich. Jetzt hab ich die schon sechsundzwanzig Stunden am Tag auf der Pelle. Und da nerven die noch damit, wo ich hin will. Aber was soll ich mir vormachen: Ich bin sowieso schon verheiratet mit den Alten. Im Fernsehen gibt's nur die Sachen, die sie sehen wollen. Wenn geredet wird, reden nur sie. Wenn jemand in die Bar kommt, der ihnen nicht passt, dann schicken sie ihn innerhalb von zwei Sekunden wieder hinaus. Und vom Poppen keine Rede. Genau wie in einer Ehe. Zum Teufel mit mir, der Bar, dem Billard und dem Hund meiner Mutter.«

Als er die Bar aufgemacht hatte, nach der Scheidung, hatte Massimo sich eine etwas andere Entwicklung erhofft. Er hatte sich Tage friedlichen Alleinseins vorgestellt, nur gelegentlich unterbrochen von einem schnellen Espresso, und unterhaltsame Abende im Kreise seiner Freunde, die die Bar füllten, einen Aperitif tranken und sich fröhlich unterhielten. Und er, Massimo, mittendrin, der organisierte und auf seine Art aufmerksam dirigierte, bevor er nach Hause ging, um sich in einem schönen Buch und dem Schlaf der Gerechten zu verlieren, oder vielleicht um eine skandinavische Touristin zu befingern, die er ganz besonders reizvoll gefunden hatte und die, nach einem schnellen und unzweideutigen Blickwechsel, auf ihn gewartet hatte, bis die Bar zumachte.

Stattdessen.

Stattdessen hatten sich die Dinge nach einer langen Phase des Überschwangs anders entwickelt. Die Freunde hatten geheiratet oder waren verheiratet geblieben, sie hatten Kinder und ließen sich nicht mehr in der Bar blicken. Zur Stunde des Aperitifs war die Bar hauptsächlich mit gebräunten Nichtstuern gefüllt, an die Massimo das Wort nur richten würde, um ihnen eine Verurteilung zu Zwangsarbeit mitzuteilen. Und die wenigen Finnen oder Dänen, die hereinkamen, beschränkten sich normalerweise darauf, einen Wodka zu bestellen und in der Gruppe hämisch zu lachen. Und Massimo, der sich nach der Scheidung damit getröstet hatte, nun frei zu sein und tun zu können, was er wollte, ging nach Hause und war frei, allein ins Bett zu gehen oder gar auf dem Sofa einzuschlafen. Auf demselben Sofa, auf dem er auch den Mittwoch, den Ruhetag der Bar, verbrachte, um Playstation zu spielen. Kurz und gut, Massimo begann zu begreifen, dass allein zu sein unter dem Strich ein Reinfall ist und dass die Wüste das schlimmste Gefängnis sein kann.

Massimo bog auf die große Allee ein und fing automatisch an, die Schilder, Plakate und Graffiti, die er sah, mit lauter Stimme vorzulesen, wie er es oft tat: »Ristorante Emilio. Gemeinde San Pietro. 12. Jahrhundert. Das Einzige hier in der Gegend, was im Schnitt noch älter ist als meine Bar. Vereinigung christlicher Arbeitnehmer. Wie, ist offen. Laura HDGDL für immer. Ja, ja. Wir reden später noch mal drüber. Jesus liebt dich. Na gut. Dann kann ja nichts mehr schiefgehen. Der muss davon überzeugt sein, dass ich Masochist bin.«

Und dann war da natürlich noch die Bar. Die BarLume. Massimos Bar. Theoretisch. Seit er das Billard aufgestellt hatte, ging seine ungewollte Sammlung aus alten Opis praktisch nur noch zum Essen und zum Mittagsschlaf nach Hause; die einzige Ausnahme bildete Aldo, der Einzige, der noch arbeitete, alles in allem jedoch mehr Zeit in der BarLume verbrachte als in seinem eigenen Restaurant. Etwas Gutes gab es aber. Da die Alten den Billardtisch fest in Beschlag genommen hatten, war jetzt wenigstens der große Tisch unter der Ulme immer frei (der einzige, an dem das WLAN-Signal zu empfangen war). Dennoch gelang es Massimo nicht, den Anblick knackiger Zwanzigjähriger in Tangas zu genießen, die unter der Ulme chatteten, weil die vier Mehrfachzwanzigjährigen in ihren Achselhosen im Nebenzimmer ständig da waren. Wenigstens gab es noch Tiziana.

Massimo kam an den Kreisel zum Viale D'Annunzio und fing an, im Kreis zu fahren, weil er nicht wusste, was er als Nächstes tun sollte.

»Auf jeden Fall muss sich was ändern. Ich verwahrlose hier. Wenn das so weitergeht, komme ich eines Tages auch mit Hosen bis unter die Achseln in die Bar und gehe direkt zum Billardtisch, während ich über meine Prostata klage. Da muss sich was ändern. Was, weiß ich nicht. Aber irgendwas ganz bestimmt. Hast du genug Luft abgelassen, Massimo? Ja, ich glaub schon, ja. Okay, dann zurück zur Bar.«

Zwei

Es gibt Tage, die beginnen auf die beste aller möglichen Arten.

Massimo hatte seinen Tag um halb sechs morgens damit begonnen, dass er beim Weckerklingeln die Augen aufschlug, während der Rest seines Körpers noch eine halbe Stunde in Morpheus' Armen einforderte. Nachdem er irgendwie aufgestanden war, hatte er sich in Richtung Küche aufgemacht und es dabei geschafft, mit dem ungeschützten nackten kleinen Zeh gegen die Kante eines Möbelstücks zu stoßen. In der Küche angekommen, nach einem sowjetophilen Ballett (Sprünge auf einem Fuß, rhythmisch untermalt mit Flüchen), hatte er entdeckt, dass der Kaffee ausgegangen war und das einzige Essbare, was er im Kühlschrank hatte, ein Stück Pecorino war.

Nachdem er sich mehr schlecht als recht angezogen hatte, war er nach unten gegangen, wo er entdeckt hatte, dass das Auto, an seinem üblichen Platz geparkt, den Ablauf des Pisa-Marathons in substanzieller Weise behindert hatte, der an jenem Morgen stattfinden sollte und dessen Strecke durch die Via San Marino führte. Daher hatte die Gemeinde es für unerlässlich befunden, den Wagen zu entfernen, damit am Ende nicht noch ein zerstreuter Läufer darüber stolperte, und ihn durch ein Schildchen ersetzt, das ihm mitteilte, dass er am Depot in der Via Caduti di Kindu vorbeischauen (klar, am Arsch der Welt, so geht man wenigstens mal ein Stück zu Fuß) und ihn dort, gegen die Entrichtung eines sympathischen Bußgeldes, wieder abholen könne.

Es gibt Tage, die beginnen auf die beste aller möglichen Arten.

Dieser war keiner davon.

Am Steuer sitzend, hielt Massimo endlich auf seine geliebte Bar zu und versuchte, den biblischen Zorn loszuwerden, der ihn im Lauf des Morgens ergriffen hatte. Der Funke, der diesen Zorn entfacht hatte, war, wie geschildert, das Verschwinden des Autos gewesen; den Brennstoff hatte ein Spaziergang von vier Kilometern in Richtung Flughafen geliefert, auf dem Massimo sich selbst mit einer langen Reihe von Schmähungen gegen die Veranstalter des Marathons, gegen die Läufer selbst und gegen alle anderen, die rennen, ohne verfolgt zu werden, unterhalten hatte. Zusätzlich angefacht wurde das Feuer durch die Tatsache, dass er an jenem Morgen zu spät in die Bar kommen würde, was verschiedene Konsequenzen nach sich ziehen würde.

Erstens würde er es nicht schaffen, die Bar aufzumachen und sein halbes Stündchen in dem leeren und stillen Raum zu genießen, das er brauchte, um sich dem Tag stellen zu können.

Zweitens würde er die »Gazzetta« schon von jemandem gelesen vorfinden. Also nicht mehr glatt und unberührt, mit jener wundervollen Haptik, die dem Papier einer druckfrischen Zeitung eigen ist, sondern bereits aufgeschlagen, zerknittert und von drei der vier Paare faltiger Hände berieben, die sie danach unordentlich an ihren Platz zurückgestopft hatten; ganz besonders Aldo, der eine funkelnagelneue Zeitung nur einmal in die Hand zu nehmen und auf den Tisch zu legen brauchte, damit sie nach wenigen Minuten aussah wie ein von einem epileptischen Anfall unterbrochener Origami-Versuch. Nun ja, die Armen, sie sind halt alt. Wenn sie's in siebzig Jahren nicht gelernt haben, wie soll man ihnen das verflixt noch mal jetzt noch beibringen?

Nachdem er den Wagen am Viale abgestellt hatte, war Massimo zur Bar gegangen. Dort hatte er unerwarteterweise einen Raum ohne alte Leutchen vorgefunden, nur mit Tiziana, die hinter dem Tresen stand, über das Waschbecken gebeugt, wobei das kleine Kreuz an dem Kettchen vor und zurückschaukelte, als versuche es, den wunderschönen Kalvarienberg zu erreichen, den das Glück ihm zugedacht hatte. Massimo konnte nicht anders, als den Anblick zu genießen.

Weil Tiziana an jenem Morgen eine kurze Bluse angezogen hatte, die mit einem Knoten direkt unterhalb des Busens geschlossen war; dieselbe, die sie vor einem Jahr getragen hatte, als ein einzelner Tourist hereingekommen war, der, ohne den Blick von der Zeitung zu nehmen, einen Kaffee bestellt hatte. Während sie ihm den Kaffee einschenkte, hatte Tiziana gefragt: »Noch etwas Milch?«, und der Tourist hatte den Kopf gehoben und sich etwa fünf Sekunden gar nicht mehr gerührt, den Blick vollkommen in diesen Brüsten verloren. Dann hatte er gemurmelt: »Äh, vielleicht …« Tiziana hatte die Bluse einen Monat lang nicht mehr angezogen, und Massimo hatte jenen Touristen inbrünstig gehasst.

Aber vor allem lag auf einem Tischchen die »Gazzetta«. Noch unberührt. Rosa, glatt und mit derselben Falte, mit der sie vom Zeitungsmann geliefert worden war.

Ohne auch nur zu grüßen, streckte Massimo den Arm aus und nahm behutsam die Zeitung auf, um sie hinter den Tresen zu legen; nachdem er sie in Sicherheit gebracht hatte, wandte er sich der Kaffeemaschine zu.

»Dir auch einen schönen Morgen«, sagte Tiziana mit gespielter Fröhlichkeit.

»Jetzt ist er das, danke«, antwortete Massimo, während er den Filter einsetzte. »Ist noch keiner aus dem Hospiz entkommen?«

»Was denkst du denn?«, antwortete Tiziana. »Sie sind da hinten beim Billard und tuscheln.«

Tja. Unberührte »Gazzetta«, die Alten hinten im Winkel und Tiziana im Minirock und mit geknoteter Bluse. Der Tag nahm eine vollkommen neue Wendung. Massimo streckte die Hand nach einem Hörnchen aus, und während er es ergriff, hörte er Ampelio aus dem Billardzimmer kommen, gefolgt von den anderen Vieljährigen, und wie üblich eilte ihm die eigene Stimme voraus, die sagte: »Kommt, kommt, wir zeigen es dem Jungen, und dann überlegen wir.«

Da haben wir's. Das war's mit dem Frieden.

»Was musst du dem Jungen zeigen?«, fragte Massimo, mit vollem Mund kauend.

Wenn ein Fleck auf dem Billard ist, dann foltere ich ihn, wer immer es gewesen ist. Ich reiße ihm die Goldzähne aus und verkaufe sie, um von dem Geld einen neuen Bezug zu bezahlen.

»Etwas aus der Zeitung.«

»Ah. Das tröstet mich. Und was gäb's da in der Zeitung?«

Ampelio nickte Rimediotti zu, dem offiziellen Vorleser, der den »Tirreno« mit Sorgfalt in der Mitte aufschlug und die Seite glatt strich, die dem Autounfall gewidmet war. Nach einem geräuschvollen und produktiven Räuspern begann er:

»Carpanesis Hoffnungen. Von Giovanni Caroti. Die Stimme ist gebrochen, der Blick schwer von tiefer Rührung. Mit der gleichen Rührung nickt Stefano Carpanesi, Senatskandidat für die Linken Demokraten bei den außerplanmäßigen Wahlen Ende Mai, Marina Corucci zu, seiner Parteigenossin und vor allem langjährigen Freundin, die gestern bei einem tragischen Autounfall auf der Stradale Aurelia (an der berüchtigten Kurve bei Procelli) schwer verletzt wurde und bei dem ihr Sohn, Giacomo Fabbricotti, ums Leben kam. ›Wir haben uns 1996 kennengelernt‹, sagt Carpanesi, ›ich erinnere mich noch sehr gut daran. Ihr Bruder hat uns bekannt gemacht, Pater Adriano, der vor Kurzem in den Konvent von Santa Luce eingetreten ist. Und dann haben wir sofort angefangen, zusammen Politik zu machen. Erst beim Kreis, danach …‹«

»Danach weiß man ja«, unterbricht ihn Del Tacca. »Sie sind in die Gemeinde gekommen und haben da mehr Schaden angerichtet als ein Hagelsturm. Hast du das gehört?«

»Ja. Hab ich gehört. Na und?«

»Und jetzt behauptet der gute Carpanesi, dass er die Corucci '96 kennengelernt hat.«

»Ja. Auch das hab ich gehört. Und ich wiederhole mich: na und?«

»Also, das ist eine Lüge. Erklär's ihm, Aldo.«

Aldo, die Hände in den Taschen, wandte sich nickend an Massimo.

»Es ist eine Lüge, ja. Erinnerst du dich noch an den Bericht gestern Nachmittag, wo sie den Carpanesi mit Marina Corucci im Arm gezeigt haben?«

»Ja, mehr oder weniger.«

»Auf jeden Fall erinnerst du dich daran, dass ich den Ort erkannt habe, an dem sie waren?«

»Ja. Vagli di Sotto. Ein Name, der Programm ist.«

»Genau. Also, und du weißt, wofür Vagli di Sotto berühmt ist?«

Nein. Und es interessiert mich auch nicht die Bohne.

»Vagli di Sotto«, fuhr Aldo in gelehrtem Ton fort, »ist ein Dorf in der Garfagnana, im Tal des Edron, ein Fluss, der in den Serchio mündet. In der Nähe gibt es einen Stausee. Auf dem Grund dieses künstlichen Sees liegt ein untergegangenes Dorf, das der alte Weiler genannt wird. Dieser Weiler kommt nur einmal alle zehn Jahre ans Licht, nämlich dann, wenn der künstliche See abgelassen wird. Und nur wenn das Becken geleert wird, ist es möglich, den alten Weiler zu besuchen. Alles klar so weit?«

Ich würde sagen, ja. Andernfalls würdest du ja nie ein Ende finden.

»Also«, fuhr Aldo fort, »in den letzten Jahren hat sich die Bewirtschaftung des Sees geändert, und der See ist 1994 zum letzten Mal abgelassen worden. 2004 wurde das Becken nicht geleert und auch nicht in den folgenden Jahren. Jetzt klar?«

»Nein.«

Aldo seufzte.

»In dem Film spazieren der Carpanesi und die Corucci durch das versunkene Dorf. Aber da sie beide keinen Taucheranzug anhaben, heißt das, dass sie diesen Spaziergang 1994 zum letzten Mal hätten machen können. Wenn sie aber 1994 Arm in Arm spazieren gegangen sind, warum bestellt der Carpanesi dann die Zeitung ein und erklärt so überdeutlich, dass er die Corucci erst '96 kennengelernt hat?«

»Weil er sich geirrt hat?«

Die Alten blickten Massimo an, als wollten sie sagen, du Glücklicher, der du noch an das Gute im Menschen glaubst, man merkt, dass du noch jung bist. Massimo aß das Hörnchen auf, ließ den Espresso laufen, und während er beobachtete, wie die Flüssigkeit die kleine Tasse füllte, sagte er: »Wie auch immer, ich verstehe nicht, worauf ihr hinauswollt. Glaubt ihr, das wäre irgendwie wichtig?«

»Es ist wichtig, ja«, sagt Ampelio. »Diese Frau baut einen Unfall mit dem Auto, und am Tag danach tut er so, als hätte er sie erst vorgestern kennengelernt. Das stinkt doch zum Himmel, da stimmt was nicht, das sag ich dir!«

Tiziana sah Massimo mit einem halben Lächeln an. Massimo aber schloss den Verteiler und wandte sich den Alten zu. Er blickte sie an und sagte mit großem Ernst: »Ah, das ändert natürlich alles. Wenn ihr das so seht, dann geht doch aufs Kommissariat und fragt, ob ihr spontan eine Aussage machen dürft.«

»Massimo, vielleicht ist da ja doch was ...«, versuchte Tiziana einzugreifen.

»Ja genau, das wollte ich ja auch«, antwortete Ampelio. »Aber wenn man meint, hier gäb's noch Leute, die wissen, was ihre Pflicht ist, dann ist man schief gewickelt. Pilade will nicht.«

»Es ist nicht, dass ich nicht will«, setzte sich Pilade ruppig zur Wehr. »Es kommt mir nur übertrieben vor. Lügengeschichten zu erzählen ist doch kein Verbrechen. Schon gar nicht bei Politikern ...«

»Oh, Pilade, aber nur zum Zeitvertreib macht man das auch nicht«, sagte Gino. »Wenn da was Krummes gelaufen ist, dann ist es unsere Pflicht, meinst du nicht?«

»Aber wenn doch ...«, versuchte Tiziana es noch einmal, allerdings schon weniger überzeugt.

»Einverstanden«, sagte Massimo. »Wenn ihr überzeugt davon seid, dann ist es eure Pflicht. Absolut. Je eher ihr geht, desto besser.«

Gesagt, getan. Nachdem Del Tacca ebenfalls auf Linie der strengen Regeln der Bürgerpflicht gebracht worden war, verließen Ampelio und Co einer nach dem anderen die Bar. Massimo blickte ihnen nach, wie sie in Richtung des Kommissariats gingen, während sie heftig gestikulierend ihr Gespräch fortsetzten. Zufrieden trank er einen Schluck von seinem Espresso, holte die »Gazzetta« unter dem Tresen hervor und ging zu einem der Tischchen. Während er sich hinsetzte, sah er Tizianas ernstes Gesicht.

»Du bist ein Scheißkerl.«

»Nein. Ich bin ein Stratege. Das ist was anderes.«

Es waren etwa zwei Stunden vergangen, und Massimo befand sich am Billardtisch mitten im Finale der Weltmeisterschaften im Fünf-Kegel-Billard, Viviani gegen Nocerino (beide praktischerweise von Massimo dargestellt), als er von Tiziana unterbrochen wurde, die hereinkam und ihm per Handzeichen zu verstehen gab, dass er am Telefon verlangt wurde.

»Für dich. Das Kommissariat.«

Ach, du lieber Gott. Massimo ging mit dem Billardstock in der Hand zum Telefon.

»Signor Viviani?«

»Im Augenblick ja«, sagte Massimo und stellte den Stock sachte ab, auch wenn in Wirklichkeit Nocerino dran war.

»Bitte bleiben Sie in der Leitung.«

»Guten Tag, Signor Viviani«, sagte kurz darauf die unverwechselbare Stimme von Dottor Commissario Vinicio Fusco. »Hören Sie, ich habe gerade mit Ihrem Großvater gesprochen.«

»Ich weiß.«

»Eben, das ist es ja. Ihr Großvater und seine werten Gevatter sind hergekommen, um eine spontane Aussage zu dem Unfall von gestern Abend in San Giuda zu machen. Praktisch haben sie mir gesagt, dass Signor Stefano Carpanesi über das Datum gelogen habe, seit wann ihn eine enge Freundschaft mit Signora Corucci verbindet, die gestern beim selben Unfall ihren Sohn verloren hat und die sich im Moment im Krankenhaus befindet, mit geheim gehaltener Prognose.«

»Ja, lassen Sie doch …«

»Auf Basis dieser Annahmen, die sich vor allem auf ein Phantomdorf unter dem Wasser stützen, das angeblich nur alle zehn Jahre auftaucht, haben Ihr Großvater und die anderen behauptet, Carpanesi könne direkt für den Autounfall verantwortlich sein. Darüber hinaus, immer ihnen zufolge, sei es möglich, dass es sich gar nicht um einen Unfall handle, sondern um eine Inszenierung, einen versuchten Mord durch Manipulationen am Wagen der Signora. Sie haben mir sogar geraten, Signora Corucci im Krankenhaus bewachen zu lassen, da Carpanesi, ihnen zufolge, nicht der Typ sei, lockerzulassen.«

Oh, Scheiße.

Stille. Da er nichts hörte, fuhr Fusco fort: »Darüber hinaus haben sie mir gesagt, Sie hätten sich einverstanden mit ihren Schlussfolgerungen gezeigt und sie sogar noch dazu ermutigt, das Kommissariat aufzusuchen, und ihnen gesagt, es sei ihre Bürgerpflicht.«

»Nein, warten Sie. Das ist nicht ganz richtig. Ich …«

»Signor Viviani, Ihr Großvater ist achtzig Jahre alt und hat von morgens bis abends nichts zu tun. Von Ihnen hätte ich mir allerdings ein anderes Verhalten erwartet. Ist Ihnen klar, dass es sich dabei um Verleumdung handelt?«

Wenn du nichts zu sagen hast, schweig.

Während Massimo sich an seine eigene goldene Regel hielt, schwieg auch Fusco einen Augenblick, dann sprach er weiter: »Für diesmal habe ich ihre spontane Aussage zu Protokoll genommen, allerdings nur bezogen auf die Tatsache, dass Carpanesi Signora Corucci schon vor '96 gekannt haben soll, und mich darauf beschränkt, ihnen zu sagen, dass die Sache meiner Meinung nach nichts zu bedeuten hat. Wenn so etwas noch einmal vorkommt, behalte ich Ihren Großvater auf dem Kommissariat und nehme ihn wegen Landstreicherei in Arrest.«

»Das würden Sie tun?«

Ein kurzer Moment absoluter Stille war zu hören, wahrscheinlich der Tatsache geschuldet, dass es Fusco den Atem verschlagen hatte. Nach einigen quälenden Sekunden ergriff er erneut das Wort: »Signor Viviani, lassen Sie mich eines klarstellen. Ich bin hier und versuche, meine Arbeit zu tun. In der letzten Woche hatten wir einen Brand in einem Nachtlokal, drei Taschendiebstähle, darunter einer mit einem Schwerverletzten, und vier Autodiebstähle. All das muss ich mit einem Personal von in Wirklichkeit zwei Personen und einem Dienstwagen bewältigen, der nur der Form halber existiert, weil wir ihn mit den uns zur Verfügung stehenden Mitteln nicht einmal volltanken können. Das Letzte, was ich da noch brauchen kann, ist eine Horde verkalkter Pensionäre.«

Wie gut ich dich verstehe.

Dann fuhr Fusco in etwas weniger bitterem Tonfall fort: »Bitte legen wenigstens Sie ein etwas vernünftigeres Verhalten an den Tag. Sobald Ihr Großvater zurückkommt, erklären Sie ihm bitte, dass man nicht jedes Jahr einen Mord haben kann, nur damit es nicht langweilig wird. Und gießen Sie kein Öl ins Feuer, bitte. Habe ich mich klar ausgedrückt?«

»Sicher. Seien Sie unbesorgt.«

»Jetzt guck sich nur mal einer an, in was für einem Drecksland ich alt werden musste …«, lautete Ampelios Prolog, kaum dass die vier von ihrem bitteren Gang in die Bar zurückgekehrt waren.

Massimo wählte wie gewöhnlich den Weg der Diplomatie.

»Großvater, Fusco hat mich gerade angerufen. Bist du denn blöde geworden?«

»Ich? Der ist doch der Blödmann! Und er ist es nicht mal erst geworden, der war doch schon immer dumm wie Bohnenstroh! Wir gehen da hin, um ihm zu sagen, dass da was nicht stimmt, und er sagt uns, das wäre nicht wichtig. Wie hat er noch gesagt?«

»Meinem Dafürhalten nach liefert dieser Umstand keinerlei Anhaltspunkt für eine Straftat«, antwortete Aldo. »Sehr klar, würde ich sagen.«

»Das ist ja das Drama mit Italien«, echote Rimediotti. »Du tust deine Pflicht, und statt dir zu danken, stecken sie dich beinahe ins Kittchen, als wärst du der Verbrecher. So ist es doch immer: Wenn man den Staat mal braucht, ist er nicht da.«

Da haben wir's. Der Staat, der seinen Pflichten nicht nachkommt. Der Staat, der beim Appell fehlt.

In einem Satz: Der Staat, wo ist er?

So fragt sich der durchschnittliche Italiener mit einer Mischung aus Bitterkeit und aufgesetzter Ungläubigkeit, wenn irgendetwas nicht richtig läuft. Ja, der durchschnittliche Italiener: der, der sich seit Jahrzehnten vor der Steuer drückt, der den Klempner wohlwollend anlächelt, nach dem Motto: »Wir sind doch Männer von Welt«, als dieser ihn fragt: »Wollen Sie eine Quittung?«, und der sich im Krankenhaus einer Nierentransplantation unterzieht, ohne auch nur einen Cent dafür zu bezahlen (eine Operation, für die er in einer Privatklinik seine Niere oder einen anderen Körperteil hätte verkaufen müssen, statt sich eine einpflanzen zu lassen). Jahre um Jahre harter Arbeit bei der Post, Tausende verloren gegangener Briefe und verschwundener Pakete, also ein Leben ganz im Dienste des Staates, und wenn der Staat sich mal an dich erinnert, dann nur, um dich mit einem armseligen Bruchteil der enormen Rechnung zu verunglimpfen, die du in die Höhe getrieben hast, indem du dir im

Schweiße deines Angesichts den Hintern platt gesessen hast.

Massimo ging bei solchen Äußerungen sofort an die Decke, ganz besonders, wenn sie von Rimediotti stammten, der auf solche Allgemeinplätze quasi abonniert war. Daher reagierte er mit einem Syllogismus: »Das ist nicht das Drama Italiens. Das echte Drama ist, dass keine Kinder mehr gezeugt werden. Und in der Folge zu viele Alte herumlaufen. Wenn alle, die über siebzig sind, zu Hause bleiben und nicht der arbeitenden Bevölkerung auf die Nerven fallen würden, dann würde es wieder aufwärts gehen mit dem Land.«

»Da habt ihr's. Savonarola ist wieder auferstanden«, mischte sich Ampelio ein. »Hör mal, verflixt und zugenäht, wenn du heutzutage so frei bist, alles zu sagen, was dir in den Kopf kommt, anstatt nur im Stechschritt umherzumarschieren, dann hast du das mir zu verdanken und denen, die noch älter sind als ich! Wenn die Alten nicht wären, dann wäre dieses Land heute schlimmer dran als Burundi.«

»Reg dich nicht auf, Ampelio«, antwortete Aldo in versöhnlichem Ton, »wenn man solche wie dich machen lassen würde, wären wir jetzt wie Nordkorea. Und überhaupt, wenn du dir Sorgen machst wegen der Kinder, so sind wir wenigstens da auf einem guten Weg.«

»Wie ist das gemeint?«, fragte Massimo.

»Dass eine Heirat der erste Baustein für die Gründung einer Familie ist und dass eine Frau, wenn sie heiratet, weil die Welt ist, wie sie ist, früher oder später daran denkt, ein Kind zu bekommen.«

»Aldo«, fragte Massimo ernst, »hat dich eine Billardkugel am Kopf getroffen?«

»Oh, Tiziana, hast du etwa deinem Brötchengeber noch nichts gesagt?«

Massimo blickte Tiziana an, die errötete.

Es gibt Tage, die fangen schlecht an. Dieser hier ging noch schlechter weiter.

Es waren etwa zwei Stunden vergangen. Im Hinterzimmer hatten die Alten erneut den Billardtisch erobert und verbrachten einen ruhigen Nachmittag zwischen Triplierungen, perfekt gelungenen Zufallstreffern und wundersamerweise vermiedenen Hexenschüssen. Hinter dem Tresen räumte Massimo mit geradezu zwanghafter Präzision kleine Tassen ein, kompromisslos und untadelig in seiner besten Pose als perfekter Barista.

Auf der anderen Seite war Tiziana gerade dabei, ein kompliziertes Annäherungsmanöver an Massimo abzuschließen, das sie mit dem Polieren der Tische draußen begonnen und mit dem Staubwischen in allen Ecken der Bar fortgesetzt hatte. Vor Massimo angekommen, lächelte sie ihn an und fragte: »Chef immer noch sauer sein?«

»Ja.«

»Massimo, hör zu. Ich wollte es dir doch sagen. Ich wusste nur, dass du wütend werden würdest.«

Ach, woher denn! Schließlich darf doch jeder heiraten, wann er will, so viele Kinder machen, wie er will, und was nicht noch alles. Wir leben in einem freien

Land. Aber, verflucht noch mal, die Bar gehört mir, nicht den Alten. Zumindest glaube ich das. Allmählich kommen mir da auch schon erste Zweifel. Auf jeden Fall hätte ich ja wohl der Erste sein müssen, der bestimmte Sachen erfährt.

Da Massimo schwieg, versuchte Tiziana es noch einmal: »Ich hatte dir aber gesagt, dass ich im September gern zwei Wochen Urlaub haben würde.«

»Stimmt. Bleibt immer noch die Tatsache, dass es keine eindeutige Beziehung zwischen der Tatsache gibt, dass jemand zwei Wochen freihaben will, und der Tatsache, dass dieselbe Person heiraten will. Könnte ja auch sein, sie möchte einfach nur in die Ferien fahren.«

»Ach komm, Massimo. Du hättest es verstehen müssen. Man bittet nicht um zwei Wochen Urlaub, um in Ferien zu fahren. Zwei Wochen beantragt man für eine Hochzeit.«

Ich hätte es verstehen müssen. Wie kannst du dich nur so irren? So ist es mit den Frauen doch immer. Sie geben dir einen Minihinweis, und dann bist du derjenige, der sich alles dazu denken muss.

»Erstens, lass uns mal nicht das, was üblich ist, mit dem verwechseln, was Gesetz ist. Jeder Mensch hat die Freiheit, zwei Wochen Urlaub zu nehmen und sich dann vierzehn Stunden in seinem Haus einzuschließen, um das höchste Kartenhaus der Welt zu bauen. Zweitens weißt du ganz genau, warum ich sauer bin, aber da du dich nicht daran zu erinnern scheinst, gehen wir das doch noch einmal kurz durch.«

»Massimo, komm ...«

»Du hast mir immer gesagt, dass du aufhören würdest, hier zu arbeiten, wenn du mal verheiratet bist, weil du dann regelmäßigere Arbeitszeiten möchtest und so wie alle anderen normalen Menschen leben willst, die um eins zu Mittag und um acht zu Abend essen und vor halb drei ins Bett gehen. Richtig?«

»Ja. Aber das ist doch nicht …«

»Hast du deine Meinung zu diesem Thema geändert?«

»Nein. Aber …«

»Also scheint es mir klar, dass der Umstand, dass du heiratest, der für alle deine Freundinnen bedeutet: ›Marchino und Tiziana heiraten, wie schön, wie schön, wie schön‹, und für deine Eltern: ›Tiziana geht aus dem Haus, mir ist, als wär's erst gestern gewesen, dass ich sie zum Kindergarten gebracht habe, und jetzt heiratet sie, meine Güte, wie die Zeit vergeht‹, für Massimo bedeutet: ›Die einzige anständige Tresenkraft, die ich in zehn Jahren finden konnte, geht in drei Monaten, und ich muss sie durch einen bradycephalen Jüngling ersetzen, dem ich erst einmal drei Wochen lang beibringen muss, sich bei der Arbeit nicht den Rotz am Ärmel abzuwischen.‹ Sag du mir, ob ich da nicht sauer sein soll. Auch nicht ganz unwichtig: Wann hast du das überhaupt beschlossen?«

»Vor einem Monat.«

»Und die lieben Großväterchen, seit wann wissen die es?«

»Seit drei Wochen.«

»Also, ist jetzt klar, warum ich sauer bin?«

»Ja, Chef. Weil Chef viel zu empfindlich sein. Tiziana jetzt gehen nach Hause und kommen um sieben wieder. Falls jemand da drüben das Billard dreckig macht, Chef schaffen seinen Arsch da rüber und machen selber sauber.«

Drei

Nehmen wir mal an, ein Mensch gibt eine Nachricht an sechs verschiedene Personen weiter. Wenn jeder der Empfänger sie seinerseits an sechs andere weitergibt und dieses simple Weiterreichen fünfmal wiederholt wird, dann sind es exakt sechs hoch fünf Personen geworden, die diese Nachricht kennen. Oder ausgeschrieben: Siebentausendsiebenhundertsechsundsiebzig.

Wenn die zugrunde liegende Weitergabe (einer ruft sechs andere Leute an) eine Stunde braucht, dann wird die oben genannte Anzahl von Personen, die die Nachricht kennen, maximal in fünf Stunden erreicht sein. Also mehr oder weniger in einem Nachmittag.

Dieser kurze, auf den ersten Blick nutzlose Exkurs dient dazu, zu erklären, warum am folgenden Morgen ganz Pineta wusste, dass der Carpanesi versucht hatte, Marina Corucci zu ermorden.

Über die Weitergabe der Nachricht an alle sechs-, siebentausend Ohrenpaare des Dorfes hinaus hatte die Übermittlung von Mund zu Mund den Inhalt stufenweise deformiert, genau wie bei der Stillen Post. Doch in diesem Fall war der Sinn der Nachricht nicht durch fehlerhaftes Verstehen der Originalnachricht (»Der Carpanesi hat gesagt, er habe die Corucci '96 kennengelernt, aber in Wirklichkeit kannte er sie schon '94. Da stimmt doch was nicht.«) verdreht worden, sondern durch das Hinzufügen einer eigenen logischen Schlussfolgerung eines Hörers in der Nachrichtenkette (»Hör mal, wenn der Carpanesi wirklich gestern, wo doch der Unfall war, so was gesagt hat, dann muss es zwischen ihm und der anderen was zu verbergen geben.«).

Eine solche Schlussfolgerung, als Postskriptum unter die Nachricht gesetzt, wird normalerweise vom nachfolgenden Hörer als Vox populi verstanden (»Hast du schon gehört? Man erzählt sich, der Carpanesi und die Corucci hätten ein Verhältnis miteinander gehabt!«) und somit zur Wahrheit gemacht, abgesichert durch das erste Axiom des Klatsches, welches besagt: »Alle, die ich kenne, wissen es, also ist es wahr.«

Massimo empfing daher an jenem Morgen erleichtert den Notar Aloisi, der pünktlich um halb zwölf die Bar betrat, wie es seine Gewohnheit war. Wie immer trat er an die Theke und bestellte einen Espresso, während er einen Blick in den »Corriere« warf. (In zehn Jahren hatte Massimo den Notar Aloisi noch nie auch nur in der Nähe der »Gazzetta« gesehen.) Kein Wort mehr als nötig.

Zuvor hatte Massimo den ganzen Morgen über einen nach dem anderen hereinkommen sehen, und alle hatten sich sofort, nachdem oder sogar noch bevor sie bestellt hatten, mit wissender Miene umgesehen und mit einer Anspielung angefangen, sich an das ganze Lokal zu wenden: »Also, jetzt hat sich der Carpanesi aber wirklich was geleistet …«

Und sofort ging ein Konzert der Alten mit Zufallsgästen los, in dessen Verlauf der arme Carpanesi angeklagt, der Lüge überführt und verurteilt wurde, mit (manchmal) vorsichtigen Versuchen der Verteidigung des armen C. durch einen einzelnen Gast. Welcher jedoch sofort von der mächtigen Polyphonie des Orchesters der Alten übertönt wurde.

Der Notar hingegen hatte den drei Worten, die notwendig waren, um einen Espresso zu bestellen, nicht eine Silbe hinzugefügt, und folglich hatte Del Tacca einen Annäherungsversuch unternommen: »Nun, Signor Notaio, was meinen Sie, was wird der arme Carpanesi jetzt tun?«

Der Notar hatte nicht einmal den Blick von der Zeitung genommen.

»In welcher Angelegenheit?«

»Lieber Gott, wissen Sie denn gar nichts?«

Den Blick immer noch auf die Zeitung geheftet, schüttelte der Notar den Kopf.

»Von der Sache mit dem Carpanesi wissen Sie gar nichts?«, hatte sich Ampelio eingemischt. »Wie kann das denn sein, wo Sie doch auch Kandidat sind? Hat Ihnen wirklich niemand was gesagt? Wen haben Sie denn als Sekretärin, Totò Riina?«

Der Notar zuckte die Achseln und versuchte, dem Senat zu bedeuten, dass ihn die Angelegenheit nicht besonders interessiere.

»Also«, fing Rimediotti an, »es sieht ganz so aus, als

hätten der Carpanesi und die Marina Corucci ein Verhältnis und so weiter.«

»Mamma mia, was seid ihr doch für Schwatzbacken«, ging Tiziana dazwischen. »Seht ihr denn nicht, dass das den Signor Notaio überhaupt nicht interessiert?«

»Und das ist nicht richtig«, antwortete Aldo. »Wir sprechen hier von einer möglichen Straftat, begangen von einem seiner politischen Gegner. Wenn der Signor Notaio seine eigene Kandidatur ernst nehmen würde, dann müsste er sich doch dafür interessieren, was seine Gegner so treiben.«

»Ganz im Gegenteil, mein Lieber, ganz im Gegenteil«, antwortete der Notar, während er, immer noch ohne den Blick zu heben, die Zeitung zusammenfaltete. »Das ist genau das, was ein sogenannter moderner Politiker tun würde. Sie machen Politik, indem sie schlecht von den anderen Kandidaten reden. Ich beschäftige mich mit meiner Kandidatur und nur damit. Was die anderen tun, geht mich nichts an.«

»Hallo, hier geht's um ein Verbrechen!«, rief Ampelio.

»Verbrechen, Verbrechen ... das sind große Worte. Wenn es eine Straftat gegeben haben sollte, wird sich die Justiz darum kümmern«, antwortete der Notar, während er zur Kasse ging.

»Ach, wie hübsch, die Justiz! Hier gibt's ja nicht mal Beweise für irgendwas. Wenn man auf die warten würde, wissen Sie, wie viele Gauner dann noch frei herumlaufen würden?«

»Besser ein Schuldiger, der frei herumläuft, als ein Unschuldiger, der im Gefängnis sitzt, mein Lieber«, erinnerte ihn der Notar, während er bezahlte. »Das ist die Grundlage unseres Rechtssystems. Guten Tag Ihnen allen.«

Und ebenso ruhig, wie er gekommen war, ging er auch wieder.

»Jetzt guck sich nur mal einer den an«, meinte Ampelio. »Kommt rein, hört zu, urteilt und geht. Sieht aus, als wär' es ihm vollkommen egal, zu sehen, was hier vor sich geht.«

»Vielleicht ist es so«, sagte Massimo.

»Wie auch immer, eines verstehe ich nicht«, sagte Tiziana. »Nehmen wir mal an, dass der Carpanesi und die Corucci tatsächlich ein Verhältnis miteinander hätten. Erklärt ihr mir mal, warum der Carpanesi versuchen sollte, seine Geliebte zu ermorden?«

Für ein paar Sekunden herrschte angestrengtes Schweigen.

»Ich sag's dir, Tiziana«, unterbrach Del Tacca die Stille. »Weil der Carpanesi ein Feigling ist. Diese Geschichte mit den Wahlen, die haben sie ihm doch quasi auf den Leib geschneidert, der war doch auf der Gemeinde bestens aufgehoben. Dann ist das mit dem Fioramonti passiert, der sich mit den Taschen voller Geld aus dem Staub gemacht hat, und da hat er sich plötzlich mitten in dieser Geschichte wiedergefunden. Der richtige Mann am richtigen Ort.«

»Pilade hat recht«, stimmte Aldo zu. »Dumm wie ein Feldweg, aber ein anständiger Kerl. Oder besser, bekannt als anständiger Kerl. In Augenblicken wie diesen zählt in der Politik Anstand mehr als Kompetenz. Ist ja nicht mehr so wie in den alten Zeiten des Fünfparteienparlaments, wo sie sogar noch bei der Sterbekasse was abgezweigt haben, nach dem Motto ›Bedien dich nur, ich nehm mir auch was‹; inzwischen gibt's Leute, die wissen, wie man Politik macht. Kannst du dir vorstellen, was losgewesen wäre, wenn rausgekommen wäre, dass er seine Frau betrügt? Nicht mal er selber würde noch für sich stimmen, der arme Mann.«

»Schon möglich«, sagte Tiziana. »Aber dann müsst ihr mir erklären, weshalb das hätte rauskommen können. Warum hätte denn die Corucci ihn und sich selbst beschuldigen sollen, wo sie doch in derselben Partei sind und sie seine Pressesprecherin ist? Das kommt mir nicht besonders logisch vor.«

Schweigen senkte sich herab. Tiziana hatte wahrhaftig recht. Jetzt guck dir doch nur mal die Frauen an, da glaubt man, man hätte auch für dieses Jahr einen hübschen Mord gefunden, um sich die Zeit zu vertreiben, und dann kommen die daher und machen alles kaputt.

»Na ja, wenn du jemanden umbringst, der was über dich weiß, dann normalerweise, weil er dich erpresst …«, unternahm Rimediotti einen halbherzigen Versuch.

»Genau«, meinte Del Tacca. »Als ob Bruno Vespa zu Mike Tyson gehen würde, um ihn zu bitten, er soll ihm eins aufs Ohr geben. Ist dir eigentlich klar, wie viel Kohle die Marina Corucci haben muss? Sie ist die

Witwe vom Fabbricotti, weißt du noch? Ihr Mann hat halb Pineta gebaut. Kannst du dir vorstellen, wie viel Geld er ihr vermacht hat?«

»Also, ich weiß nicht«, antwortete Ampelio. »Ich weiß nur, dass sie ein Auto fährt, das noch älter ist als ich. Oder besser, gefahren hat. Jetzt muss sie sich natürlich ein neues kaufen, wenn sie sich erholt hat.«

»Aber das ist doch typisch für die Reichen«, warf Aldo ein. »Autos sind denen doch völlig egal.« Aldo nahm einen Schluck von seinem Getreidekaffee, dann fuhr er mit einem Hauch von Groll in der Stimme fort: »Aber zu mir ins Boccaccio ist sie nur selten gekommen, ich hatte wohl nicht genug *radical chic* für sie. Meistens ist sie in diesen renovierten Puff von Sandroni gegangen.«

Um zu verstehen, warum sich in Aldos Sprechweise die Säure der Obszönität eingeschlichen hatte, muss man einen Exkurs über Davide Sandroni und sein Lokal »Kultivierte Schweinerei« einfügen, welches die Bezeichnung Restaurant mied, um sich noch wesentlich abgehobener für die »Bistronomie des kommenden Jahrtausends« zuständig zu erklären. Dieses Lokal, einst eine Kaschemme im Familienbetrieb, war von vorgenanntem Sandroni übernommen und in einen Tempel der sogenannten Molekularküche verwandelt worden. Die Mission dieses elitären Etablissements bestand selbstverständlich nicht darin, einfach nur den Hunger oder Durst des Gastes zu stillen, sondern ihn von Anfang bis Ende zu überraschen.

An erster Stelle durch die Gerichte, die aus ihren

Laboratorien kamen (man durfte sie nicht Küchen nennen, das wäre geschmacklos gewesen): Eisgerichte aus flüssigem Stickstoff als Vorspeise, dekonstruierte erste Gänge, zweite Gänge von verdächtiger Konsistenz wie etwa der Brotschaum auf Entenkruste und ähnliche Affektiertheiten mehr. Am Ende des Mahls das »Tenebrarum«: die süße Nachspeise, die im Dunkeln serviert wurde, damit der Gesichtssinn ausgeschaltet und nur der reine Geschmack die Sinne des dämlichen, aber wohlhabenden Gastes beherrschte. Die ultimative Überraschung erlebte der Gast jedoch am Schluss bei der Rechnung. Man erzählte sich von einem Pärchen, das, nachdem es seinen Jahrestag mit dem Verzehr von Schaumspeisen gefeiert hatte, sich einer Rechnung gegenübersah, auf der eine dermaßen absurde Summe stand, dass die beiden Ärmsten den Kellner zurückgerufen und ihn darauf hingewiesen hatten, dass der Tisch mit den acht Personen der in der Ecke gegenüber sei. Für jemanden wie Aldo, für den Nahrungsmittel etwas Heiliges, aber immer noch etwas zum Essen waren, war die mystizistische Aura, mit der sich die »Kultivierte Schweinerei« umgab, ein steter Quell ernsthaften Leidens.

»Folglich«, endete er entschieden, »Geld hat das Mädchen, und wie. Der Carpanesi ist auch nicht arm, aber dass die Corucci ihn erpresst haben soll, kommt mir wirklich ziemlich unwahrscheinlich vor. Hat jemand Lust auf ein kleines Spielchen?«

»Na gut, dann machen wir halt eine Partie«, sagte Ampelio im Ton eines Kindes, dem man gerade gesagt hat, dass das Eis alle ist. »Ich bin mir da aber nicht so sicher. Wir besprechen das noch.«

»Jetzt wird erst einmal gespielt«, widersprach Del Tacca, »dann können wir immer noch reden. Aber so, wie ich das sehe, hat Fusco dieses Mal recht. Ohne Motiv ist da nichts zu machen. Massimo, bringst du mir einen Campari nach hinten?«

Massimo antwortete nicht. Während die Alten sich unterhalten hatten, hatte Massimo benommen vor der Eismaschine gestanden und, ohne ihn wirklich zu sehen, den großen Rührer beobachtet, der das Nusseis rührte und rührte, in dem unbewussten Versuch, sich durch transzendentale Meditation und Identifikation mit dem im Entstehen begriffenen Ich des Eises von dem Ort zu entfernen, an dem er sich befand.

»Massimo«, wiederholte Del Tacca, »hast du mich gehört?«

»Aufgewacht, Junge!«, brüllte Ampelio.

»Ja bitte?« Massimo riss sich von der Betrachtung des Eises los.

»Einen Campari für Pilade und …«

»… einen Averna für dich.«

»Braves Kind, siehst du, was passiert, wenn du dir nur mal ein bisschen Mühe gibst?«

»Geh nach hinten, Großvater, bitte. Tiziana bringt euch gleich alles.«

Ampelio und die anderen gingen ins Billardzimmer. Tiziana schwieg einen Augenblick, dann fragte sie mit gleichgültiger Miene: »Und warum bringt Tiziana ihnen gleich alles?«

»Weil Massimo gleich Zigaretten holen geht und einen Augenblick der Ruhe außerhalb von hier genießen wird.«

»Chef immer noch stinksauer sein?«

Massimo schüttelte geistesabwesend den Kopf.

»Nein, keine Sorge.«

»Umso besser. Ich muss dich nämlich um einen Gefallen bitten.«

»Das hab ich doch schon mal gehört.«

»Dir habe ich aber schon einen Gefallen getan.«

»Ah, ja. Ich muss zugeben, dass die Rückkehr der geknoteten Bluse mit Anerkennung zur Kenntnis genommen wurde. Beim nächsten Mal würde ich mir wünschen, dass sie auch noch nass ist. Abgesehen von der Tatsache, dass das die Gästezahlen deutlich in die Höhe treiben würde, würdest du damit vielleicht auch noch erreichen, dass meinen Großvater der Schlag trifft, und dann wäre ich wenigstens einen von denen los.«

»Ich mein's ernst, Massimo.«

Tiziana trat näher an Massimo heran und begann, mit leiser Stimme zu sprechen: »Du weißt doch bestimmt noch, dass ich, bevor ich bei dir angefangen habe, bei meiner Tante gearbeitet habe, oder?«

Massimo nickte. Es stand in ihrem Lebenslauf. Sechs Monate Praktikum direkt nach dem Abschluss der höheren Handelsschule.

»Meine Tante ist die Sekretärin des Notars Aloisi, und vor ein paar Jahren hat sie mich ins Büro des Notars gebeten, damit ich da die Buchhaltung mache.«

Das hatte ich vergessen.

»Nicht, dass es besonders aufregend gewesen wäre, und nicht mal wirklich schwierig. Unter den verschiedenen Aufgaben, die das Sekretariat und die Buchhaltung dort hatten, war ab und zu auch, dass man als Zeuge fungieren musste, wenn die Parteien das verlangten. Ich musste das vielleicht ein- oder zweimal machen. Aber an ein Mal erinnere ich mich ganz besonders.«

Und dann begann Tiziana, zu erzählen.

Das Arbeitszimmer des Notars war wunderschön. In der Mitte ein Klostertisch aus gewachsenem Nussbaum, der auf einem Orientteppich ruhte, der beinahe den gesamten Boden des Raumes bedeckte. Doch das, erkannte Tiziana an Massimos kuhäugigem Blick, war für die Erzählung eigentlich nicht wichtig. Im Arbeitszimmer des Notars befand sich, abgesehen von der Sekretärin, noch ein großer, sonnengebräunter Mann, der den Kopf etwas schief hielt, als sei er ihm zu schwer. Als Tiziana hereingekommen war, hatte er sich mit einer gewissen Anstrengung erhoben, ihr eine schaufelgroße Hand mit dicken Wurstfingern, aber beinahe ohne Fingernägel entgegengestreckt und irgendetwas dahergebrummt. Arbeiterhände, die nicht zu seiner protzigen Kleidung passten: Leinenjacke, maßgeschneidertes Hemd aus Neapel und am Handgelenk eine Reverso, die fünfstellig gekostet haben musste, Kommastellen nicht mitgezählt. Der Mann hatte sich, erneut mit bemerkenswerter Anstrengung, wieder hingesetzt, und der Notar hatte gesagt: »Gut. Die Zeugen sind anwesend, das Dokument ist vorbereitet. Signor Fabbricotti möchte eine Schenkung beurkunden lassen und hat mich beauftragt, alles Nötige in die Wege zu leiten. Im Besonderen hat er mich gebeten, die notwendigen Verträge aufzusetzen, um jeglichen Zweifel an seinen Intentionen auszuschließen.«

Tiziana hatte geschwiegen, den präzisen Anweisungen der Tante Folge leistend (»Sag nichts, wenn du nichts fundamental Wichtiges beizutragen hast. Der Notar ist einer, der das Schweigen liebt.«), während Signor Fabbricotti unkoordiniert und vage mit dem Kopf nickte; so unkoordiniert, dass es auf eine ziemlich schwere neurologische Erkrankung hindeutete.

Der Notar hatte den Vertrag ausgeteilt, eine Kopie für jeden – für Fabbricotti, Tiziana und die Sekretärin –, und dann, nachdem er sich die Brille aufgesetzt hatte, ein Zeugnis jener Fertigkeit geliefert, die die einzige ist, für die Notare allgemein bekannt sind: das ultraschnelle Vorlesen.

»HeutedenneunundzwanzigstenAprilzweitausendundzweiistvormirdemNotarStefanoAloisiHerr SirioFabbricottierschienengeborenamzwölften Novemberneunzehnhundertzweiundfünfzigin Forcoliwelcher«, Atemzug,

»michalsNotarzuseinemTestamentsvollstrecker bestimmtundmirdiefinanzielleVormundschaft fürGiacomoFabbricottigeborenamerstenMärz neunzehnhundertfünfundneunziginPisa«, Atemzug,

»übertragenhatundgleichzeitigdieAufsichtüber denihmzustehendenErbteilaufdassichNotarAloisi ihnverwaltebisdervorgenannteGiacomoFabbricotti dieVolljährigkeiterreichthatmitderenErreichunger freiüberdasVermögenverfügendarf.« Langer Atemzug.

»DesweiterenverpflichteichmichderEhefrau desobengenanntenFabbricottiSirioMarinaCorucci geborenamzehntenAugustneunzehnhundertsiebziginPontremolkeinenAnteilanderobengenannten Summezukommenzulassenentbundenvonallen rechtlichenVertretungsaufgabengegenüberdervorgenanntenCorucciinihrerFunktionalsEhegattinwie esindemTestamentniedergelegtistdasichNotarAlisi amheutigenTagezurAufbewahrungerhaltenhabe.«

Und so war es weitergegangen, in Höchstgeschwindigkeit, unterbrochen nur von unterschiedlich langen Atemzügen. Nachdem die Verlesung des Testaments beendet war, hatte sich die Stimme des Notars von 78 Umdrehungen pro Minute bei der offiziellen Verlesung auf die 33 Umdrehungen für normale Gespräche verlangsamt, um zu sagen: »Gut, wenn es keine Einwände mehr gibt, müssen wir nur noch unterschreiben.«

Und sie hatten unterschrieben: die Sekretärin beflissen, Fabbricotti mit gewissen Schwierigkeiten, Tiziana mit den lang geschwungenen, altertümlich anmutenden »Z« ihrer Unterschrift und schließlich der Notar mit seiner schwungvollen, in jahrelanger Übung perfektionierten Notarsunterschrift.

Als sie aus dem Arbeitszimmer des Notars heraus war, hatte Tiziana noch gedacht, dass sie gerade Zeugin einer echten Enterbung im Stil des 18. Jahrhunderts geworden war. Dieser riesige Mann hatte gerade seine eigene Ehefrau von der Erbfolge ausgeschlossen, ihr nur die Brosamen gelassen, die ihr dem Gesetz nach zustanden, und alle wirklichen Vermögenswerte dem Sohn vermacht und den Notar als Vormund und Verantwortlichen eingesetzt. Was wohl passieren muss, damit jemand so etwas macht? Kommt mir vor wie in einem Roman. Na ja, hatte Tiziana gedacht, ist ja auch nicht so wichtig. Morgen hab ich das sowieso wieder vergessen, und dann denk ich nie wieder daran.

Da jedoch jener Mann Fabbricotti hieß und die Enterbte Marina Corucci, hatte sie sich doch wieder daran erinnert. Weil es genau diese Personen waren, über die in der Bar gesprochen wurde, und kaum Zweifel daran bestehen konnten, dass dies sehr wohl etwas zu bedeuten hatte. Dass es keineswegs ausgemacht war, dass Marina Corucci so reich war. Und dass die Hypothese über die Erpressung nicht vollkommen aus der Luft gegriffen war.

»Kannst du dir vorstellen, was los gewesen wäre, wenn ich das deinem Großvater erzählt hätte? Die hätten doch auf dem Absatz kehrtgemacht und wären zu Fusco zurückgerannt, und dieses Mal hätte er sie ganz bestimmt eingesperrt und den Schlüssel weggeworfen.«

Massimo gab sich einen Augenblick diesem verführerischen Gedanken hin, dann musste er eingestehen, dass Tiziana eine bemerkenswerte Zurückhaltung an den Tag gelegt hatte. Es musste sie nicht wenig gekostet haben, bedachte man, da sie selbst dem Klatsch nicht gerade abgeneigt war.

»Ja, das hast du gut gemacht. Da gibt's nichts dran zu deuteln. Also gut, ich schulde dir einen Gefallen. Ich hole nur schnell Zigaretten und komme sofort zurück. Bis gleich.«

Massimo ging hinaus und trabte zum Tabakladen. Und während er so ging, dachte er, dass Tiziana ihm in ein paar Monaten wahrscheinlich ziemlich fehlen würde.

Vier

»Pinetas letzter Gruß an Giacomo. Von Pericle Bartolini. In der Kirche des Konvents Santa Luce fanden gestern die Begräbnisfeierlichkeiten für den kleinen Giacomo Fabbricotti statt, der infolge des schrecklichen Unfalls auf der Statale Aurelia verschieden war, in den auch seine Mutter, Marina Corucci, Witwe des Bauunternehmers Sirio Fabbricotti, verwickelt war. Die Zeremonie, die an sich schon herzzerreißend war, wurde noch schmerzlicher durch die Nachricht, dass auch die Mutter ihren wichtigsten Kampf verloren hat. Marina Corucci ist im Laufe der Nacht auf der Intensivstation des Santa-Chiara-Krankenhauses, wo sich ihr Gesundheitszustand zunächst gebessert hatte, den Verletzungen, die sie bei dem Unfall davongetragen hatte, erlegen. Die Nachricht, die zunächst nur unter den Trauergästen kursierte, wurde durch den Offizianten selbst, Pater Adriano Corucci, im Laufe der Beisetzungsfeierlichkeiten bestätigt. Der Geistliche, Bruder von Marina und Onkel von Giacomo, hatte zu Beginn der Homilie mit gebrochener Stimme die Trauergemeinde über die plötzliche Verschlechterung des Zustandes seiner Schwester und ihr darauf folgendes Dahinscheiden informiert, welches sich am Vortage ereignet hatte.«

In der üblichen tonlosen Stimmlage las Rimediotti den Bericht über die Beisetzung des bedauernswerten Giacomo Fabbricotti und die Nachricht vom plötzlichen, wenn auch nicht unerwarteten Hinscheiden seiner Mutter vor. Die drei übrigen Alten lauschten ihm mit gequälten Gesichtern, wobei sie betreten zu Boden blickten oder eine nicht vorhandene Mücke von den Hosen schnippten.

»Nach einem berührenden Gedenken an seinen Neffen wandte sich Pater Adriano im zweiten Teil der Predigt an jene, ›die dem hässlichen Laster erlegen sind, falsche Gerüchte in Umlauf zu bringen, an jene, die sich am Unglück anderer weiden, jene, die reden, ohne etwas zu wissen, und die sich nicht darum scheren, welches Leid sie auf die Schultern und Herzen derjenigen bringen, die sowieso schon unter der ungeheuren Last des Verlustes eines Verwandten leiden‹. Damit bezog sich Pater Adriano auf die leider im Dorf kursierenden Gerüchte, welche aufgrund eines Lapsus, bei dem er ertappt wurde, auf eine mögliche Verwicklung Stefano Carpanesis in den Unfall spekulieren. Derselbe Carpanesi, der bei der Trauerfeier anwesend und sichtlich bewegt war, dankte Pater Adriano am Ende der Zeremonie in wenigen tränenerstickten Worten.«

Als Rimediotti endete, herrschte allgemeines Schweigen. Ein Schweigen, das ausnahmsweise auch noch eine Weile anhielt.

»Also haben sie die Beerdigung im Konvent gemacht ...«, sagte Ampelio, nur um etwas zu sagen.

»Klar«, antwortete Rimediotti. »Wo hätten sie es denn deiner Meinung nach sonst machen sollen? Im Grunde ist Pater Adriano ja ein Angehöriger.«

»Was das betrifft, wenn ich mal sterbe, werd ich mich auch in den Konvent tragen lassen«, sagte Del Tacca, während er Zucker in seinen Kaffee rührte. »Was denn sonst? Ich bitte dich, bevor ich mich von Don Graziano antatschen lass ...«

Pilades Worte gaben wieder, was ein guter Teil der Einwohner Pinetas empfand, ja wovon sie überzeugt waren. Dass Gott zwar überall in der Welt präsent ist, ganz besonders an allen geweihten Orten, aber dass er in den verschiedenen Kirchen Unseres Herrn von seinen weltlichen Verwaltern nicht im selben Maße geachtet wird. In Pineta stellte sich das Problem doppelt. Einerseits gab es die Gemeinde *Buon Pastore,* die von Don Graziano Riccomini behütet, beschützt und vor allem verwaltet wurde; was der durchschnittliche Einwohner von Letzterem hielt, ist durch Pilades Kommentar gut zusammengefasst worden. Daneben gab es den Franziskanerkonvent *Santa Luce,* geleitet von Pater Agostino, einem ehemaligen Arzt, der sich vor sehr vielen Jahren in das klösterliche Leben zurückgezogen hatte, welcher gut zehn Brüder beherbergte, die nach den Regeln des heiligen Franziskus den Weg der vollkommenen Freude gingen. Jene Männer gaben sich in der Tat voll und ganz dem klösterlichen Leben hin, das für sie in der Meditation und der Herstellung von Honig, Käse und Gemüse aus dem Klostergarten bestand, Güter, mit denen sie sich selbst versorgten und die Armen, die an ihr Tor klopften. Darüber hinaus waren sie stets bereit zu helfen, egal was von ihnen erbeten wurde, von Nachhilfestunden in Latein über Hilfe im Haushalt kranker alter Leute bis hin zu materieller Unterstützung von Reparaturen an vom Unwetter abgedeckten Dächern; das Ganze in vollkommener Bescheidenheit, ohne jedwede Ansprüche auf Gegenleistung und stets mit einem Lächeln auf den Lippen, das von einer beinahe unmenschlichen Heiterkeit zeugte. Pater Adriano Corucci, vor etwa zwanzig Jahren aus dem umbrischen Hinterland hereingeschneit, war ein würdiger Vertreter jener Gemeinschaft; ein Hüne mit friedlicher Miene, gebrochener Nase und den für Boxer typischen Blumenkohlohren, der so gut wie nie in Zorn geriet. Und falls doch einmal, war es, wie bei allen Pazifisten, besser, sich von ihm fernzuhalten.

Eines Tages war ein Typ mit unübersehbaren Entzugserscheinungen in den Konvent gekommen, der, nachdem er am Tisch der Ordensbrüder gegessen hatte, auf die brillante Idee gekommen war, von jenen Geld zu erbitten. Der Grund, aus dem er sie angebettelt hatte, war so unübersehbar, dass der Bruder, an den er sich gewandt hatte, gezwungen war, ihm das Geld zu verweigern; woraufhin der Kerl wütend wurde, begann, den Bruder zu beleidigen, und sogar so weit ging, dass er versuchte, ihm eine Ohrfeige zu versetzen. Leider war der fragliche Ordensbruder Pater Adriano, der sich danach verpflichtet sah, dem armen Kerl im Rettungswagen beizustehen, während man ihn mit einem doppelten Bruch des Ober- und Unterkiefers ins Krankenhaus fuhr, wobei er den Sanitätern erklärte, dass er ihm nur zwei Ohrfeigen verpasst habe und es nicht seine Schuld sei, wenn der Kerl so schwächlich sei.

Während die Alten sich mühten, das Gespräch in Gang zu bringen, das wahrscheinlich schon bald für ein hübsches Spielchen wieder eingestellt würde, klingelte laut das Telefon. Tiziana war gerade dabei, die Spülmaschine einzuräumen, und kauerte, den Korb in der Hand, unter dem Tresen. Massimo, der dem Apparat am nächsten war, hob beim zweiten Klingeln den Hörer ab und meldete sich mit einem entspannten: »BarLume, guten Tag.«

»Pronto, hier Kommissariat Pineta. Spreche ich mit Viviani Massimo?«

Was ist das, ein Scherz?

»Am Apparat.«

»Ich schalte Sie zu Dottor Fusco durch. Einen Augenblick bitte.«

Kurze Stille, es knackte.

»Signor Viviani?«

»Immer noch derselbe.«

»Ich müsste mit Ihrem Großvater sprechen.«

Hä?

»Sicher. Ich gebe ihn Ihnen sofort.« Massimo bedeckte die Sprechmuschel mit der Hand. »Rekrut Viviani Ampelio, zum Rapport.«

»Sag deiner Großmutter, ich komme gegen eins, und wenn sie mir nur die Reste von gestern auftischt, dann schmeiß ich den Teller zum Fenster raus«, antwortete Ampelio lakonisch.

»Ich fürchte, du irrst dich, Großvater. Fusco ist am Telefon.«

»Fusco? Und was will er?«

»Keine Ahnung. Warum fragst du ihn nicht selbst?«

Da das Telefon an der Wand befestigt war, musste Ampelio sich von seinem Stuhl erheben und mit seinem Stock zum Apparat gehen. Am Telefon angekommen, nahm er den Hörer von Massimo entgegen und bellte hinein: »Pronto!«

Kurzes Schweigen.

»Ich hab nicht verstanden. Ich soll zu Ihnen kommen?«

Kurzes Schweigen.

»Ah, alle vier? Und wer sagt das?«

Vielsagendes Schweigen.

»Und wenn er da ist, grüßen Sie ihn von mir! Ich hab immer noch nicht verstanden, was ich damit zu tun haben soll.«

Bedrohliches Schweigen.

»Wie?«, fragte Ampelio in ganz anderem Ton, der vom Kämpferischen ins Ungläubige gewechselt war. »Ah. Verstehe. Jetzt gleich? Ja, einen Augenblick, ich sag's ihm. In Ordnung. Wiedersehen.«

Und dann legte er mit zweifelnder Miene auf.

Massimo war tief beeindruckt. Was auch immer Fusco gesagt hatte, es war nicht jedem gegeben, seinen Großvater zum Schweigen bringen zu können.

Ampelio verharrte kurz am Telefon, dann drehte er

sich um: »Fusco hat gesagt, dass wir aufs Kommissariat kommen sollen. Alle vier. Ich, Aldo, Gino und Pilade.«

Es folgte ein Augenblick ungläubigen Gelähmtseins. Tiziana stellte den Korb ab und richtete sich hinter dem Tresen auf.

Ampelio betrachtete den Hörer, als sei der an allem schuld, bevor er erklärte: »Dieser Hurensohn von Carpanesi ist zu Fusco gelaufen und hat ihm gesagt, dass er '94 nicht mal gewusst habe, wer die Corucci sei. Er hat auch gesagt, dass er von da direkt zu seinem Anwalt gehen und uns alle vier wegen Verleumdung anzeigen wolle.«

Diverse Weitsichtbrillen wandten sich verwirrt einander zu.

Während Tiziana dem Quartett nachsah, das sich in Richtung des Kommissariats auf den Weg machte, hatte Massimo sich ein Glas kalten Tee eingeschenkt, sich an eines der Tischchen gesetzt und scheinbar ungerührt den »Corriere« aufgeschlagen. Nachdem sie die Alten hinter der Hausecke hatte verschwinden sehen, wandte sich Tiziana mit besorgter Miene an Massimo: »Sag mal, machst du dir denn überhaupt keine Sorgen?«

»Weswegen?«, fragte Massimo und trank einen Schluck Tee.

»Massimo, stell dich nicht dumm. Man hat deinen Großvater aufs Kommissariat einbestellt. Man will ihn verklagen.«

»Und sie tun gut daran. So lernen er und die anderen ein für alle Mal, sich um ihren eigenen Kram zu kümmern.«

»Massimo, das ist eine ernste Sache. Fusco hat sie eben ins Kommissariat zitiert.«

Massimo faltete die Zeitung zusammen.

»Ich weiß. Deshalb mache ich mir keine Sorgen. Fusco hat mir am Telefon gesagt, dass er sie eine spontane Aussage hat machen lassen, aber ins Protokoll nur die Tatsache aufgenommen hat, dass den Alten zufolge Carpanesi und Corucci sich schon vor 1996 kannten. Den ganzen Rest hat er weggelassen.«

Massimo machte eine vielsagende Handbewegung, während er den letzten Schluck Tee austrank.

»Also kann sie jetzt auch niemand dafür verklagen«, fuhr er nach einem kleinen Seufzer fort. »Oder besser gesagt, man könnte, aber kein Richter würde einem dafür recht geben. Übrigens, wenn man's ganz genau nehmen will, war es zwar irrelevant, was Aldo gesagt hat, aber auf seine Weise begründet.«

»Woher weißt du das denn?«

»Ich hab's im Internet nachgeschaut.«

»Und warum?«

»Weil ich an diesem Alleswissersyndrom leide, Tiziana. Wenn irgendwer eine Aussage macht, die auf einer Tatsache beruht, muss ich das einfach kontrollieren, denn wenn ich es nicht tue, kann ich nachts nicht schlafen. Das müsstest du inzwischen wissen.«

»Mmmh. Möglich. Auf jeden Fall verstehe ich nicht, warum Carpanesi sie verklagen will, wenn du doch sagst, dass es keinen Sinn hat.«

»Weil er ein Politiker ist. Er ist ein Politiker im Wahlkampf. Und jedweder Angriff auf seinen heiligen guten Ruf verdient eine offizielle Reaktion. Egal ob zu Recht oder nicht. Jedenfalls, ich sag's noch mal, glaube ich nicht, dass es Grund zur Besorgnis gibt. Fusco wird ihnen einen schönen Tadel verpassen, wird sie ermahnen, damit aufzuhören, Miss Marple zu spielen, und für ein oder zwei Wochen werden wir alle unsere Ruhe haben.«

»Na, hoffen wir's. Hör mal, wo wir jetzt unter uns sind, kann ich dir erzählen, um welchen Gefallen ich dich bitten möchte?«

»Aber gerne«, antwortete Massimo, obwohl er wusste, dass der Gefallen, um den ihn Tiziana bitten würde, niemals mit den Gefallen übereinstimmen würde, die er gern von ihr erbeten hätte.

»Also, Marchino und ich heiraten im September.«

»Und das weiß sogar ich.«

»Nun, bevor ich heirate, würde ich gern eine Wohnung finden. Aber wir haben noch nichts gefunden, und uns läuft allmählich die Zeit davon. Ich habe einfach die Nase voll vom Suchen. Jedes Mal das Gleiche. Sie erzählen dir was, und wenn du hinkommst, ist alles ganz anders. Ich habe die Nase voll von ›großzügiger Dreizimmerwohnung mit exklusiver Terrasse‹, und wenn du dann davor stehst, ist es eine armselige Hütte mit einem von Tauben zugeschissenen winzigen Hof davor. Ich wollte dich fragen, ob du immer noch Kontakt zu diesem Freund hast, der Immobilienmakler ist. Der, der für dich die Bar gefunden hat. Da er ein Freund von dir ist, kann ich vielleicht gleich Klartext mit ihm reden.«

»Cellai? Sicher. Na klar. Ich hab ihn zwar schon eine ganze Weile nicht mehr gesehen, aber das heißt ja nichts. Seine Nummer hab ich noch. Ich schreib sie dir gleich auf.«

»Na ja ... du könntest ihn nicht zufällig selbst anrufen? Ich kenne ihn ja gar nicht, weißt du? Wenn er dich hört, ist es vielleicht was anderes.«

»Gut, gut. Ich rufe ihn an. Jetzt aber«, sagte Massimo und stand auf, »haben sich da draußen zwei Typen hingesetzt. Gehst du?«

»Ja, Chef«, antwortet Tiziana mit einem breiten Grinsen.

Manchmal braucht es wenig, um jemanden glücklich zu machen.

Es waren zwei Stunden vergangen, und der Morgen war allmählich in die Mittagszeit übergegangen. Massimo nahm an, dass die Alten wohl, nachdem sie sich Fuscos Tadel angehört hatten, jeder für sich nach Hause gegangen waren und er sie erst wieder am Nachmittag wiedersehen würde, wenn nicht gar erst am nächsten Tag. Umso größer war seine Überraschung, als er sie einen nach dem anderen zu Tür hereinkommen sah, in einer Prozession, die von einem mehr denn je schwitzenden und schnaufenden Del Tacca angeführt wurde.

Das glaube ich wohl, dachte Massimo, mit all diesen Hektolitern Speck, die der mit seinen gut anderthalb laufenden Metern herumschleppt. Der kann von

Glück reden, dass er noch keinen Herzinfarkt bekommen hat.

Statt nun wie gewöhnlich sofort über die zu kalt eingestellte Klimaanlage zu lamentieren, setzten sie sich, nachdem sie vollzählig in der Bar waren, seltsam still jeder auf seinen Platz und blickten sich an, als hätte es ihnen die Sprache verschlagen.

Massimo überkam ein leises Schuldgefühl. Offensichtlich hatte Fusco ihnen hart zugesetzt. Er setzte seine Miene »kumpelhafter und eilfertiger Barista« auf und fragte: »Kann ich euch helfen? Wollt ihr einen schönen Aperitif? Oder hättet ihr vielleicht lieber was Stärkeres?«

Ampelio richtete den Blick auf ihn und sagte mit einem angedeuteten Lächeln: »Braver Junge. Was Stärkeres, das ist es, was wir jetzt brauchen. Wir machen es so, du nimmst ein Glas und gibst zwei Finger hoch von dem Rum aus der schwarzen Flasche hinein, den du so gerne magst.«

Mist. Ohne sich seine Überraschung anmerken zu lassen, gehorchte Massimo und füllte einen Tumbler zwei Finger hoch mit Demerara.

»So ist es gut«, sagte Ampelio. »Jetzt holst du tief Luft und kippst alles in einem Schwung hinunter. Dann verkraftest du's besser.«

Wie bitte?

»Dann verkraftest du's besser«, wiederholte Ampelio. »Weil Fusco uns eben gerade gesagt hat, dass Marina, die Corucci, tatsächlich nun doch ermordet wurde.«

»Der Mann ist weniger dumm, als es scheint«, begann Aldo, während er darauf wartete, dass Massimo aufhörte zu husten, nachdem er den Inhalt des Glases heruntergestürzt hatte. »Nach allem, was er uns erzählt hat, ist gestern Abend der gute Carpanesi mit Anwalt und allem zu ihm gekommen und hat verlangt, eine spontane Aussage machen zu dürfen. Nachdem das erledigt war, hat er erklärt, dass er Marina Corucci 1996 kennengelernt hat und nicht früher. Er hat Ort, Uhrzeit, Zeugen und was weiß ich noch genannt. Danach hat er Fusco daran erinnert, dass Verleumdung eine Straftat ist, und hat ihm gesagt, dass er seinen Anwalt darauf ansetzen würde zu klären, ob der Tatbestand für eine Anklage reicht. Und an dem Punkt ist Fusco wirklich sauer geworden. Soll ich einen Arzt rufen?«

»Nhein, nhein«, keuchte Massimo, der inzwischen blau angelaufen war. »Ist nur der Rum auf nüchternen Magen. Bin ich nicht gewohnt. Mach weiter.«

»Na gut. Also, Fusco hat es nicht gerade gern gesehen, dass ein Politiker ihn darauf hingewiesen hat, was eine Straftat ist und was nicht. Während er immer wütender wurde, ist ihm ein altes lateinisches Sprichwort eingefallen, das besagt ›excusatio non petita, accusatio manifesta‹. Und so …«

»Und so«, mischte sich Del Tacca ein, »hat er sich die Geschichte von Vagli di Sotto mal genauer angesehen und hat gemerkt, dass wir recht hatten.«

»Genau«, eroberte Aldo sich seine Rolle als Erzähler zurück. »Er hat sich den Film angesehen, hat sich über den Ort informiert, und innerhalb einer Stunde ist er darauf gekommen, dass das, was wir ihm gesagt hatten, die Wahrheit ist. Nämlich, dass der Carpanesi diese Frau schon '94 sehr gut gekannt haben muss. Aber ungeachtet der Tatsache, dass die Schlussfolgerungen über ihre Bekanntschaft durch einen Filmausschnitt untermauert wurden, und in dem Glauben, dass das nur Geschwätz von verrückten Alten sei, hat Carpanesi das Bedürfnis verspürt, aufs Kommissariat zu gehen und dem Offensichtlichen zu widersprechen. Was sagt uns das?«

Dass er in der Politik eine echte Zukunft hat, dachte Massimo bei sich. Stattdessen blickte Ampelio Massimo an und machte mit der Hand die universelle Geste – Handfläche nach oben, alle Finger aneinandergelegt, sodass sie eine Art pulsierende Artischocke bildeten – für »dem geht der Arsch auf Grundeis«.

»Genau«, stimmte Aldo zu. »An dem Punkt hat der gute Fusco kapiert, dass da was stinkt, wusste aber noch nicht, was genau. Um dahinterzukommen, greift er auf die machtvollen Werkzeuge unserer Polizei zurück, was in dem Fall kein Witz, sondern eine Beobachtung ist. Massimo, weißt du, was das SDI ist?«

Nein, sagte Massimos Gesicht, der inzwischen vollkommen von der Geschichte gefesselt war.

»Das ist was ganz Unglaubliches«, mischte sich Del Tacca ein.

»Kann man wohl sagen«, unterstrich Rimediotti.

»SDI heißt ›servizio di indagine‹«, erklärte Aldo. »Das ist eine Art elektronisches Archiv, in das alle polizeilichen Vorgänge aufgenommen werden. Alle.

Von den Strafen aus den Hotelkontrollen über die Straßenkontrollen bis hin zur Übergabe von Gerichtsprotokollen. Alles. Jedes Mal, wenn die Polizei deinen Namen irgendwo aufschnappt, wird das da registriert, präzise und mit allen Informationen.«

»Ich hab's verstanden«, sagte Massimo.

»Also, was Fusco gemacht hat, ist eine Kreuzabfrage von Daten von Corucci und Carpanesi in diesem SDI. Wie die das in den amerikanischen Fernsehserien machen, wo irgendwelche Hohlköpfe an den Tatort gehen, ein Stückchen Zement aufklauben, es in eine Maschine legen, und zwei Minuten später spuckt sie die Zusammensetzung des Zements aus, den Namen der Herstellerfirma, den Namen des Kerls, der ihn gegossen hat, und das Modell der Mischmaschine, die er benutzt hat. Früher ...«

»Nicht abschweifen«, unterbrach Massimo, der wusste, dass Aldo zwar ein hervorragender Geschichtenerzähler war, jedoch dazu neigte, den Faden zu verlieren.

»Entschuldige. Also, aus der Abfrage dieses Archivs ergaben sich zwei Dinge. Einmal, dass Carpanesi drei- oder viermal in einem Hotel übernachtet hat, das sich *Hotel des Bains* nennt, in San Giuliano Terme, im Sommer '94. Und rate mal, wer in denselben Nächten im selben Hotel übernachtet hat?«

»Mal ins Blaue geschossen – Marina Corucci?«

»Sehr gut, der Herr gewinnt einen Teddybären. Punkt zwei ist noch viel besser. Im August '94, nachts, ist eine Polizeistreife einem Paar zu Hilfe gekommen, das sich in einem Wald bei Aulla versteckt hatte. Nachdem sie den Wagen abgestellt hatten, waren die beiden der Faszination des guten alten minniglichen Treibens unter freiem Himmel erlegen und in der Wiese verschwunden. Als sie fertig waren und zum Wagen zurückkamen, mussten sie leider feststellen, dass der weg war. Wenigstens hatte der Kerl unter den paar Sachen, die er bei sich trug, noch sein Handy und rief die Polizei an. Die Beamten kamen, nahmen die Personalien und eine Anzeige auf und haben das Pärchen zum Bahnhof gebracht. Und jetzt rat mal, wer die zwei waren?«

»Ich wage noch einen Schuss ins Blaue. Die Corucci und der Carpanesi?«

»Perfekt. Der Herr gewinnt noch einen Teddybären und eine Spieldose dazu. An dem Punkt angekommen, was tut der emsige Fusco da? Er ruft das Krankenhaus an und fragt nach dem Gesundheitszustand von Marina Corucci. Der am Morgen noch stabil war.«

»Am Abend auch noch«, unterbrach Massimo. »Nur ein ganz klein wenig zu stabil, weil die Signora da doch schon tot war.«

»Genau. Leider sind die Teddybären alle. Jetzt überschlagen sich die Ereignisse. Fusco nimmt still und heimlich unsere ›Niederschrift gesammelter Informationen‹ zusammen mit Carpanesis Erklärung und seinen Entdeckungen und schickt das alles als Straftatbestand an die Staatsanwaltschaft. Der Staatsanwalt ordnet die Beschlagnahmung des Leichnams an, ruft den Gerichtsmediziner an und lässt eine Autopsie durchführen. Schenkst du mir einen Campari ein?«

Pause, eine unwirkliche Stille, nur unterbrochen vom Gluckern der Flüssigkeit, die aus der Flasche ins Glas gekippt wird. Aldo trinkt zufrieden einen Schluck, dann lehnt er sich gegen den Tresen und fährt fort: »Marina Corucci ist an einer Hirnembolie gestorben, verursacht, weil irgendein ganz besonders reizender Mensch ihr Luft injiziert hat, vermutlich über den venösen Zugang. Der offizielle Autopsiebericht ist heute Morgen um neun eingegangen.«

»Und an dem Punkt«, sagte Del Tacca, »hat Fusco uns alle vier zu sich gerufen, um uns zu fragen, ob wir noch was wüssten. Sieh mal einer an, wie seltsam; ab und zu sind sogar diese alten Nervensägen noch zu was nütze.«

Fünf

»›Die Wahrheit der Girokonten. Von Pericle Bartolini. Das Rätsel um die Beziehung, die Marina Corucci mit Stefano Carpanesi verband, verdichtet sich, während die zusätzlichen Senatswahlen, die für Anfang Mai angesetzt sind, näher rücken.‹ Ach was, das Rätsel. Inzwischen wissen's doch sogar die in der Schweiz, dass die beiden was miteinander hatten. ›Es ist inzwischen bewiesen, dass Carpanesi in der Tat nicht ganz aufrichtig über seine Freundschaft mit der Verstorbenen gewesen ist, dem Opfer des dritten Mordes, der die schöne Jahreszeit in unserer Provinz überschattet.‹ Ach, und wie leid euch das tut, ihr Ärmsten. Mit Toten verkauft ihr doch viel mehr Zeitungen als mit Bingo.«

Es folgte ein Moment des Schweigens, unterbrochen nur vom trockenen und präzisen Aufprall einige Sekunden später, gefolgt vom Geräusch der rollenden Billardkugel.

»›Ursprünglich hatten sich die polizeilichen Ermittlungen auf die Erklärung des Mannes konzentriert, der spontan ausgesagt hatte, die Frau nicht vor 1996 gekannt zu haben‹, und damit hat er einen schönen Unfug erzählt, ›aber dies wurde rasch durch die Ermittlungsbehörden widerlegt, die zu dem Ergebnis kamen, dass Carpanesi und Corucci sich bereits einige Jahre früher näher kannten. Die Ermittlungen machten jedoch nicht an diesem Punkt halt, und gestern sind sie an einen weiteren fundamentalen Punkt gelangt. Aus der Analyse der Kontenbewegungen geht in der Tat hervor, dass Carpanesi regelmäßig bestimmte Summen von seinem Girokonto abgehoben hat und dass dieselben Summen wenige Tage später auf einem Konto, das auf den Namen des Opfers geführt wurde, eingezahlt wurden. Kurz gesagt, es drängt sich der Verdacht auf, dass Carpanesi Opfer einer Erpressung durch Marina Corucci war.‹«

Es folgte ein weiterer Augenblick der Stille, unterbrochen nur vom doppelten Anschlagen und dem Beginn einer Fluchkanonade.

»Wenn die Kugeln aneinanderstoßen, ist es Zeit, den Stock wegzustellen und zahlen zu gehen«, bemerkte Ampelio in seiner unendlichen Weisheit, während er die Zeitung wegwarf.

»Ich leg ihn dir gleich auf den Kopf, den Stock«, antwortete Aldo und versuchte, beeindruckend zu wirken, während er die Spitze der genannten Waffe in gespielter Würde mit Kreide einrieb, nachdem er einen der leichtesten Stöße des Jahrhunderts vergeben hatte. »Wenn du mir dann bitte noch den Gefallen tun würdest, nicht zu lesen, während ich dran bin, dann schaffe ich es vielleicht, einen anständigen Stoß hinzukriegen.«

»Oh, das ist doch wohl nicht meine Schuld, wenn du nichts gebacken kriegst. Abgesehen davon, bist du aber auch nicht der Einzige. Hör mal: ›Diese Vermutung ist allerdings derzeit noch durch keinerlei wie auch immer geartetes Motiv untermauert, und die Ermittlungsbehörden wagen es im Moment noch nicht, mögliche Erklärungen abzugeben. Erklärungen, die nicht einmal von Carpanesi selbst geliefert werden, der, obwohl er inzwischen auf der Liste der Verdächtigen steht, in absolutes Schweigen versunken ist.‹ Ja, ja. Ich weiß, wo der versinkt. Auf dem Klo versackt der und hat den Schlüssel zweimal rumgedreht. Wenn der rauskommt, macht ihm seine Frau die Hölle heiß. Wo waren wir?«

»Acht Punkte Rückstand«, sagte Pilade. »Aber jetzt ist Gino dran.«

Jenes »aber« sollte bedeuten, dass, obwohl acht Punkte eine ganze Menge waren, Rimediotti in der Lage war, sie ohne Schwierigkeiten nach Hause zu bringen. Aldos Fehler – ein durchschnittlicher Spieler, der jedoch häufig artistische Stöße mit ruinösen Folgen versuchte – hatte Gino nun einen relativ einfachen Stoß hinterlassen, und in diesem Zimmer und mit einem Billardstock in der Hand war Rimediotti nicht mehr aufzuhalten. Die einzige Hoffnung in diesen Fällen bestand darin, dass, während er sich vorbeugte, um einzuschätzen, wie viel Druck er in seinen Stoß legen musste, ihn sein üblicher Hexenschuss ereilte und er am Arm gestützt hinausgeführt werden musste.

Doch dieses Mal richtete sich Rimediotti wieder auf, nachdem er sich vorgebeugt hatte; folglich stützte er den Stock auf das von Daumen und Zeigefinger geformte Dreieck und begann den Stock systematisch vor und zurück zu bewegen. Der Stoß gelang wie von selbst, wie es nur denen gelingt, die wirklich spielen können. Bande, Bande, gelbe Kugel, mittlerer Kegel, während alle anderen Kegel unberührt blieben. Zwölf Punkte.

»Gewonnen. Ampelio rein, Massimo raus. Guter Junge, hast wirklich gut gespielt.«

»Verdienst des Meisters«, sagte Massimo, während er sich die Schürze auszog.

»Jawohl, im Übrigen ...«, warf sich Ampelio in die Brust.

»Großvater, ich hab von Gino geredet. Von dir habe ich höchstens gelernt, wie man Schokolade klaut.«

»Was du allerdings nicht besonders gut gelernt hast«, sagte Tiziana, die gerade mit einem Tablett hereingekommen war. »Du bist klapperdürr.«

»Das sagst nur du, meine hübsche Kleine«, widersprach Ampelio, der Regel folgend, dass es in Ordnung ist, die eigenen Verwandten auf die Schippe zu nehmen, es aber Ärger gibt, wenn jemand anderes das tut. »Der Junge war ein Genie. Fast besser noch als seine Mamma. Und dann hat er nämlich mir die Schokolade gebracht.«

»Was soll das heißen, besser als seine Mamma?«

»Aber Tiziana, kennst du etwa die Geschichte von Giuliana nicht?«

»Nein«, sagte Tiziana.

»Oh, da ist wohl nichts zu machen«, sagte Aldo. »Ampelio war schon immer gut darin, verborgene Talente zu erkennen. Und mit Giuliana hat er in die

Vollen gegriffen. Darf ich?«, fragte er und zog eine Zigarette heraus.

»Nein«, sagte Massimo. »Das Billard zieht sich mit Rauch voll und stinkt hinterher wie ein Wanzenfriedhof.«

»Na gut. Also, du musst wissen, dass Giuliana, Massimos Mamma, eine diplomierte Ingenieurin ist. Damals war das noch nicht so üblich, dass Frauen studierten, und erst recht kein Fach wie Ingenieurwesen. Dazu kommt, dass bis dahin in Ampelios Familie niemand so wirklich was vom Studieren gehalten hat, machen wir uns da nichts vor.«

»Wir waren arm«, murrte Ampelio. »Studieren war was für reiche Leute. Ich bin mit zwölf Jahren arbeiten gegangen.«

Na so was. Jetzt sind es schon zwölf. Das ist Rekord. Bis jetzt war er bei vierzehn angekommen. Normalerweise sind es siebzehn. Abhängig vom Kontext.

»Auf jeden Fall war's so. Eines Tages, im Dezember, kauft Ampelio einen Panettone. Einen. Und jener Panettone ist heilig. Er soll Heiligabend unversehrt erleben, weil man zu Weihnachten eben Panettone isst. Aber Giuliana, die gerade vier Jahre alt war, liebte Süßigkeiten über alles, was in der Familie liegt. Ampelio und Tilde hatten es ihr aber deutlich gesagt: Der Panettone ist für Weihnachten. Wehe, wenn du ihn anrührst.«

Aldo hielt inne, um einen Schluck von seinem Tonicwater zu nehmen.

»Doch Giuliana hat schon ein Auge auf das gute

Stück geworfen. Und um auch noch ihre Zähne hineinschlagen zu können, denkt sie sich einen genialen Plan aus. Sie geht in die Küche und holt einen Löffel. Sie sucht den mit dem schärfsten Rand aus. Dann schleicht sie sich eines Nachts in die Speisekammer. Vorsichtig holt sie den Panettone aus seinem Karton, dreht ihn um und fängt an, den Boden mit dem Löffel auszuhöhlen. Danach packt sie ihn sorgfältig wieder ein und stellt ihn an seinen Platz zurück. Niemand würde etwas bemerken.«

Aldo lachte, während Massimo Tiziana ansah, die begeistert der Geschichte lauschte, reglos und gebannt wie die Vögelchen, wenn Schneewittchen anfängt zu singen.

»Aber das Mädchen konnte sich nicht wirklich beherrschen, und in der nächsten Nacht war sie wieder da und kratzte von unten mit dem Löffel. Ich mache es kurz: Am Weihnachtstag nach dem Mittagessen wurde der Panettone mit allen Ehren aufgetragen, der Karton wurde abgezogen und der Kuchen angeschnitten. Doch als Tilde das Messer anlegte, sackte der Arme in sich zusammen wie ein angepiekter Luftballon. Du verstehst, es war praktisch nur noch die äußere Hülle übrig geblieben.«

»Mann, da sahen wir wirklich alt aus …«, sagte Ampelio mit abwesendem Blick.

»Und dann, was ist dann passiert?«

»Das Unerwartete ist dann passiert«, stieg Massimo voll in die Geschichte ein. »Es ist passiert, dass der Großvater, statt an die Decke zu gehen vor Wut, meine

Mutter beiseitenahm und sie fragte, was sie getan hatte, weil es nicht zu übersehen war, dass sie es gewesen sein musste. Und meine Mamma hat es ihm erzählt.«

»Und dann?«, fragte Tiziana.

»Und dann, na ja, da war ja nicht mehr viel zu machen«, sagte Ampelio zufrieden. »Wir waren von Haus aus ja nie die großen Denker in der Familie, aber dieses Mädchen musste wohl ein bisschen mehr Grips abbekommen haben. Ein Mädchen, das noch nicht mal zur Schule geht und sich so was ausdenkt, kannst du dir das vorstellen? Und so haben wir ein bisschen diskutiert und ein bisschen gerechnet und dann beschlossen, dass das Mädchen studieren sollte, da gab's kein Vertun.«

Ein Lächeln erhellte die Gesichter der Anwesenden. Tiziana lächelte, weil die Geschichte zu jenen schönen gehörte, die sogar ihre Protagonisten überleben, und weil Massimos Mamma von einer beinahe unvermeidlichen Bestrafung zu einer Beförderung gekommen war. Die Alten lächelten, als wollten sie sagen, seht ihr, als wir noch jung waren, da haben wir ein Talent quasi im Flug erkannt. Massimo lächelte bei dem Gedanken an den unmöglichen Familienrat, der hinter dem »wir haben ein bisschen diskutiert« steckte und der, nach allem, was man sich erzählte, in einem an Flüchen reichen Monolog von Ampelio bestand, der dann darin gipfelte, dass Tante Enza – die, die so besonders hässlich war – fragte, wo Ampelio denn all die Knete dafür hernehmen wolle, und Ampelio, der antwortete, dass wir schlimmstenfalls halt ein Spielkasino aufmachen, aber mach dir keine Sorgen, dich setzen wir, wenn überhaupt, an die Kasse.

Ampelio trank ein Schlückchen von seinem Amaro, machte eine enttäuschte Handbewegung und fuhr fort: »Tja, und dann hat man endlich einen Ingenieur in der Familie, und was macht sie? Statt als Ingenieur zu arbeiten, wird sie sofort Mamma. Und ich sitze mit einem einzigen Enkel da, der ebenfalls studiert hat und dann unbedingt als Barmann arbeiten will. So viel Mühe und Arbeit, und wir sind nicht einen Meter weitergekommen, *maremma cingiale* …«

»Du bist doch wohl der Letzte, der sich darüber beklagen kann«, gab Massimo zurück, während er in den Flur zur Bar trat. Ist doch wahr. Du verbringst den ganzen Tag hier, isst und trinkst auf Kosten anderer Leute, jetzt hast du sogar einen Billardtisch, was willst du denn noch von meinem Leben? Ach, denken wir nicht weiter drüber nach. Ein kleines Spielchen konnte ich mir zumindest gönnen.

Im Gastraum richtete sich Massimo hinter dem Tresen ein und bereitete sich auf die folgenden zwei ruhigen Stunden vor, die der Aperitifzeit vorangingen. Während er alles Notwendige bereitstellte (Panino, kalten Tee und ein Buch, im vorliegenden Fall *Little Scarlet* von Walter Mosley; es war sinnlos, in der Bar etwas Gehaltvolles lesen zu wollen, weil die Leute einen ständig mit der Entschuldigung unterbrechen, sie wollten was trinken, also kann man ebenso gut einen guten Krimi nehmen), sah er durch die Glastür den Umriss von Pater Adriano, der dort entlangging. Und das erregte seine Aufmerksamkeit.

Weil in den seltenen Fällen, in denen der Pater den Konvent verließ, er gewöhnlich wie abwesend daherspazierte, als habe er kein Ziel, den Blick auf die Wunder des Himmels (Wolken, Bäume, Vögel) und der Erde gerichtet (Blumen, Tiere und manchmal ein anmutiges Mädchen, das sich in den Hüften wiegte, was gelegentlich seinen Blick auf sich zog, im Übrigen ist ja auch nichts Schlimmes dabei, wir sind alle Gottes Kinder, und manche haben eben etwas mehr von der Vollkommenheit des Vaters abbekommen als andere). In diesem Moment jedoch hatte der Kapuziner den Blick zu Boden gerichtet, er ging mit langsamem, aber entschiedenem Schritt. Und – was noch nie geschehen war – er lenkte seine Schritte zur Bar.

Massimo hoffte, dass Tiziana oder die Alten schnell zurückkämen, weil er sich dem nicht gewachsen fühlte, auch nur einen Moment allein mit einem Menschen zu verbringen, der gerade eine Schwester und einen Neffen verloren hatte und der voraussichtlich davon überzeugt war, dass, Fusco hin oder her, der in der Bar ansässige Informationsdienst allzu gut funktioniert hatte. Wenn der Pater wirklich deshalb mit jemandem Streit anfangen will, dachte Massimo, dann aber nicht mit mir. Aber da auf etwas zu hoffen nicht bedeutet, dass es sich auch erfüllt, war Massimo immer noch alleine, als Pater Adriano die Hand auf die Türklinke legte, während aus dem Billardzimmer entspannte Stimmen herüberdrangen, nur unterbrochen vom Klacken der hochglanzlackierten Billardkugeln.

Die Glastür öffnete sich, und Pater Adriano kam herein und setzte sich, nachdem er seine Kutte sorgfältig geordnet hatte, auf einen der Hocker vor dem Tresen.

»Guten Tag«, sagte Massimo.

»*Pace e bene,* Massimo«, antwortete der Pater, und es schien mehr Segenswunsch als Feststellung.

»Kann ich etwas für Sie tun, als Mensch oder als Barista?«

Der Pater lächelte.

»Als Barista, danke. Ich hätte gern eine Coca-Cola.«

»Wir geben uns dem Laster hin, was?«, sagte Massimo in einem kläglichen Versuch, dem Gespräch etwas Leichtes zu geben, während er die Flasche aus dem Kühlschrank nahm.

»Tja, so ist das wohl. Wer weiß, wann ich mal wieder eine bekomme. Das ist eine meiner Schwächen, sie schmeckt mir so gut ...«

»Na ja, so schlimm ist es ja nun auch nicht. Eigentlich liegt der Konvent ja nur einen Kilometer von hier entfernt. Wenn Sie einen kleinen Spaziergang machen, dann schenke ich Ihnen alle Coca-Colas ein, die Sie möchten. Wenn Sie nicht von Ihren Mitbrüdern gesehen werden möchten, dann bringe ich sie Ihnen ins Billardzimmer, da sind Sie in Sicherheit. Ich würde sie Ihnen sogar jetzt nach hinten bringen, aber da läuft gerade der Kurs in Langzeitüberleben.«

Der Pater lächelte weiter, auch wenn es ein wenig mechanisch aussah. Dann stürzte er einen großen

Schluck des zuckerhaltigen Sprudelgetränks herunter und zog die Augenbrauen hoch. Im Billardzimmer war das Stimmengewirr verstummt. Massimo sah es förmlich vor sich, wie die vier Alten mit gespitzten Ohren quasi auf dem Boden lagen wie die Rothäute, um mitzubekommen, was Pater Adriano sagte.

»Oh, so einfach ist das nicht. Da, wo ich hingehe, werde ich mich schon glücklich schätzen, wenn ich Wasser zum Trinken finde.«

»Ah. Und wo genau gehen Sie hin?«

»Nach Malawi. Wissen Sie, wo das ist?«

Massimo wusste viel, aber in Geografie kam er nicht weiter als bis zur Toskana, und bis dahin auch nur unsicher.

»Ich muss meine Unwissenheit eingestehen. Nein.«

»Das ist ein afrikanischer Kleinstaat, neben Sambia. Einer von diesen Staaten, die überhaupt nichts haben, kein Öl, keine Diamanten und sonst auch nichts. Sie haben nur einen See und etwas Gestrüpp, das sie anbauen. Bis vor Kurzem haben sie noch hauptsächlich Tabak angebaut. Aber jetzt rauchen wir hier im Westen viel weniger, also müssen sie etwas anderes anbauen. Ich werde in eine dort ansässige Missionsstation gehen, zusammen mit einigen unserer Mitbrüder, und einen kleinen Flughafen bauen.«

»Ah.«

Massimo hätte am liebsten gefragt: »Und warum gehen Sie in ein Land, wo die Leute vor Hunger sterben, um einen Flughafen zu bauen?«, aber er wusste nicht, wie er die Frage formulieren sollte, ohne den Geistlichen zu beleidigen, dessen boxerische Entgleisungen allseits bekannt waren. Zum Glück schien der Pater keine Extraaufforderung zu benötigen.

»Ja. Malawi unterhält bilaterale Handelsbeziehungen zu Simbabwe und vor allem zu Südafrika. Wenn sie in diesen Ländern Waren kaufen oder verkaufen, zahlen sie keine Steuern. Deshalb ist es wichtig, dass man gut in diese Länder kommt, und da es, wie du dir bestimmt vorstellen kannst, in Malawi so gut wie keine Straßen gibt, wäre ein kleiner Flughafen ein Segen. Auch könnte eine kleine Gemeinde wieder aufblühen, wenn sie mit diesen Staaten Handel treiben könnte.«

»Ich verstehe.«

Dasgehtdichnichtsandasgehtdichnichtsandasgehtdichnichts …

»Und warum haben Sie sich entschlossen wegzugehen?«

Da haben wir's. Herzlichen Glückwunsch. Der Pater trank mit einem letzten durstigen Schluck seine Coca-Cola aus, dann antwortete er mit einem Blick nach draußen: »Ich bin hier nicht mehr am richtigen Ort. Es ist etwas geschehen, das mich daran hindert, auf meinem Posten zu bleiben.«

»Ich verstehe. Entschuldigen Sie bitte, es war eine idiotische Frage.«

»Nein, Massimo. Fragen sind nie idiotisch. Schlimmstenfalls sind sie bösartig, aber in deiner lag keine Böswilligkeit. Du weißt, dass ich nicht nur weggehe, weil meine Lieben nicht mehr sind. Es würde dich überraschen, wenn es so wäre. Nein, es gibt noch einen anderen Grund, weshalb ich gehe. Es hat nichts damit zu tun, was andere getan haben, sondern mit etwas, das ich getan habe. Sag mir, glaubst du an Gott?«

»Bei alledem, was er mir bis jetzt angetan hat? Nein.«

»Und in die Kirche gehst du auch nie?«

»Ich hab Ihnen doch gerade gesagt, dass ich nicht an Gott glaube.«

Der Pater lächelte bitter.

»Das hat nicht so viel miteinander zu tun, wie du glaubst. Es kommen so viele Leute in die Kirche, die nicht mehr an Gott glauben. Und so viele Leute glauben an Gott und gehen nicht in die Kirche. Komm am Gründonnerstag in die Messe. Ich werde deine Neugier stillen. Deine und die der Leute. Aber jetzt muss ich los.«

»Kehren Sie in den Konvent zurück?«, fragte Massimo, der nicht glauben konnte, dass der Pater nur wegen einer Coca-Cola unterwegs sein sollte.

»Nein. Ich gehe aufs Kommissariat. *Pace e bene,* Massimo. Ich erwarte dich am Donnerstag.«

Sechs

Da haben wir's. Ist das denn zu fassen? Ich wollte nur meine Ruhe haben, mit meinem Buch und meinem kalten Tee, in diesem einen Moment, an dem der Tag vielversprechend erschien. In diesem einen Moment, an dem ich in heiligem Frieden nur das hätte tun können, was mich angeht. Und dann kommt dieser Kuttenträger, und was macht er? Statt einfach nur friedlich seine Cola zu trinken und wieder zu gehen, sagt er mir, dass er aufs Kommissariat geht. Mussten die Brüder früher nicht mal ein Schweigegelübde ablegen?

Pater Adriano war gerade erst weg, und Massimo blickte wehmütig auf den Krimi, der auf dem Tresen lag, das Symbol eines ruhigen und friedvollen Tages, der sich soeben erledigt hatte. Sinnlos, sich da etwas vorzumachen.

Wenn es irgendetwas gab, dem Massimo nicht widerstehen konnte, dann waren es Rätsel. Wenn irgendein scheinbar unerklärlicher Umstand seine Neugier erregte, dann legte sein Gehirn los, und es gab kein Zurück mehr, der ganze Rest der Welt wurde zu einer lästigen Störung, einem Hintergrundrauschen reduziert. Der Pater hatte mit seinem letzten Satz genau diesen

Prozess in Gang gesetzt. Darüber hinaus war ihm klar, dass er nicht allein bleiben würde vor dem Mysterium. Und schon waren einer nach dem anderen die vier Greise in den Raum getreten, Aldo noch mit Stock und Kreidestückchen in der Hand, auf dem Fuße gefolgt von Tiziana.

Aldo war dann auch der Erste, der das Wort ergriff: »War das Pater Adriano?«

»Als wüsstest du das nicht«, antwortete Massimo und sah unverändert durch die Glastür nach draußen. Außerdem weiß ich sowieso, dass ihr da hinten mit dem Ohr an der Wand gelegen habt. Es ist ein Fluch, gütiger Gott. Alle anderen Achtzigjährigen dieser Erde sind taub, und die einzigen vier, die noch auf einen Kilometer Entfernung eine Spinne furzen hören, muss ausgerechnet ich mir einhandeln.

»Ich versteh sowieso nichts mehr«, verkündete Ampelio und setzte sich, womit er offiziell die Partie für beendet und die Debatte für eröffnet erklärte. Die Pause endet, und das Kulturelle beginnt, dachte Massimo, der sich an einen alten Film mit Roberto Benigni erinnert fühlte.

»Aber wirklich«, echote Rimediotti und setzte sich ebenfalls, wenn auch mit Schwierigkeiten. »Er wollte ins Kommissariat, hat er gesagt.«

»Tja«, nahm Del Tacca den Faden auf. »Und er hat noch was anderes gesagt. Dass er weggeht. Er geht, wegen irgendetwas, das er getan hat. Das erinnert mich an eine Geschichte. Das erinnert mich an das, was dem armen Santochi passiert ist.«

»Wem?«, fragte Tiziana, während die anderen Alten plötzlich anfingen zu strahlen.

»Santochi, der vom Poseidon-Bad. Das früher Bruno-Bad hieß.«

Pilade setzte sich auf seinem Stuhl zurecht, lehnte sich satt an die Lehne und nahm die typische Haltung des Erzählers ein, der sich an längst vergangene Ereignisse erinnert.

»Santochi hatte einen Bademeister namens Francesco, genannt Cecco von den Sonnenschirmen. Und der Spitzname war kein Zufall. Tagsüber richtete er die Sonnenschirme auf und nachts was anderes. Er war ein hübscher junger Kerl, dunkel, einer von denen, die wissen, wie man's anstellt. Und er hat sie alle flachgelegt. Junge und weniger Junge, Ledige und Verheiratete. Und unter denen war eines Sommers auch Santochis Frau. Er nahm sie mit in die Kabine und hat's ihr ordentlich besorgt, während ihr Mann Muscheln fischen war.«

Pilade unterbrach seine Erzählung und zündete sich eine Zigarette an, ohne bei Massimo eine Reaktion hervorzurufen, der der Geschichte folgte und an nichts anderes dachte.

»Und eines Tages«, nahm Pilade den Faden wieder auf, »ging die Frau vom Santochi, der im Übrigen genauso wenig ein Heiliger war, zur Beichte in den Konvent, in Tränen aufgelöst, und erzählte dem Bruder, Pater Giuseppe, dass sie mit Cecco von den Sonnenschirmen in die Kabine gegangen sei und ihr Mann alles herausbekommen habe.«

Pilade klopfte die Asche von der Zigarette und fuhr fort: »Also, der Santochi war ein guter Mann, ein Arbeiter, aber er war eifersüchtig wie sonst wer. Er war Korse, da kann man sich das vorstellen. Aus Porto Centuri, im Norden. Einmal hat er einem Kerl eins mit dem Stuhl übergebraten, der seine Frau komisch angesehen hatte. Also fackelte der Pater nicht lange: Er ging zu den Carabinieri und sagte ihnen, dass sie den Cecco suchen sollten, bevor der Santochi ihn fände, weil es sonst Tote geben könnte.«

»Daran erinnere ich mich noch«, mischte Ampelio sich ein. »Zwei haben sich vor Ceccos Haus gestellt, und eine halbe Stunde später kam der Santochi mit dem Gewehr im Arm. Sie haben alle beide festgenommen, den Santochi wegen Waffenmissbrauchs, und bei Cecco wusste man nicht so genau, weshalb. Und dann, während beide im Kittchen saßen, fing der Maresciallo der Carabinieri an, jeden zweiten Tag die Frau vom Santochi zu besuchen.«

»Wie auch immer, das ist es, was passiert ist«, fuhr Pilade fort. »Und der gute Pater Giuseppe, der ja im Grunde nur nach bestem Wissen und Gewissen gehandelt hat, fand sich in einer scheußlichen Lage wieder. Der Prior des Konvents sagte ihm, dass er nicht rumlaufen dürfe und das Beichtgeheimnis verletzen, und Pater Giuseppe antwortete ihm, dass er das ja nur gemacht habe, um zu verhindern, dass jemand umgebracht würde. Na ja, jedenfalls erklärte der Prior, dass die Leute sowieso nicht mehr zu ihm zur Beichte gehen würden und es besser für alle wäre, wenn er einen anderen Konvent finden würde, der ihn aufnimmt. Und das hat er dann wohl auch getan, denn von heute auf morgen hat man nichts mehr von Bruder Giuseppe gesehen oder gehört.

»Alles klar«, sagte Massimo. »Also ist Pater Adriano aufs Kommissariat gegangen, um etwas zu erzählen, was er in der Beichte gehört hat.«

»Hundert Prozent sicher. Darauf wette ich mein bestes Stück«, erklärte Del Tacca feierlich.

»Ha, von wegen«, lachte Ampelio höhnisch. »Das hängt doch seit zehn Jahren schon auf halb sieben.«

»Aber an dem Punkt kommen wir dann auch schon nicht mehr weiter«, sagte Aldo und rieb dabei gedankenverloren Kreide auf die Spitze des Stockes, als bereite er sich darauf vor, einen *filotto* zu stoßen, mit Ampelios Haarschopf als weißer Kugel. »Weil ich mir, auch wenn ich zugebe, dass du recht haben könntest, nur vorstellen kann, dass es etwas mit dem Carpanesi zu tun hat.«

»Und wieso mit Carpanesi?«, fragte Tiziana.

»Weil der Carpanesi in der ganzen Geschichte der Einzige ist, der zur Beichte geht«, antwortete Ampelio. »Die Corucci ist nie in die Kirche gegangen, und die Frau vom Carpanesi würde Priester und Pater nur ungespitzt in den Boden rammen.«

»Eine intelligente Person«, kommentierte Massimo leise.

»Du bist wirklich ein Antichrist«, meinte Tiziana.

»Da erlaube ich mir zu widersprechen«, sagte Aldo. »Massimo hat seine eigenen Ansichten über die Religion, genau wie wir alle. Außerdem erlernt er allmählich die Kunst der Diplomatie. Es mag dir anders vorkommen, aber dieses Mal ist er sehr höflich gewesen.«

»Es kommt darauf an, wem gegenüber. Pater Adriano ist ein Mensch, der mir gefällt. Intelligent und positiv. Ganz anders als die beiden Zugedröhnten neulich. Ich weiß sowieso, dass du die meinst.«

Mit »die« meinte Massimo zwei Personen, die vor Kurzem im falschen Moment in die falsche Bar gekommen waren. Für einen Augenblick wanderten die Gedanken aller Anwesenden zu dem fraglichen Nachmittag zurück.

Mitten an jenem Nachmittag war die Tür zur Bar aufgegangen, und es waren zwei Zeugen Jehovas hereingekommen.

Ja, ich weiß, das ist keine Art zu schreiben, und so beschreibt man auch nicht zwei Figuren am Beginn einer Erzählung, aber stellen wir uns doch mal folgende Frage: Wenn ihr zwei Männer in Anzug und Krawatte seht, beide mit einer Ledertasche, von denen einer einen Stapel Zeitschriften in der Hand hält, auf denen bedrohlich die Zeile »Erwachet!« hervorsticht, was denkt ihr da?

Sieh mal, was für eine hübsche Krawatte?

Der Mann erinnert mich an jemanden?

Nein, nein, glaubt mir. Beinahe die Gesamtmenge aller Menschen ordnet diese Erscheinung nicht Personen oder Kleidung oder etwas anderem zu: Sie denken einfach nur »Huch, die Zeugen Jehovas« und wechseln, wenn sie können, die Straßenseite. Deshalb wäre es heuchlerisch, diese Figuren detailliert zu beschreiben, und ich hoffe, dass ihr versteht, wie aufrichtig meine Absichten sind. Wenn das in Ordnung ist für euch, gut; wenn nicht, das Regal mit den P.-D.-James-Krimis ist nebenan, wenn ihr wollt, leihe ich euch einen.

Also, wir waren bei den Zeugen Jehovas. Die beiden gingen zum Tresen, wo Tiziana sie mit einem Lächeln und ihrem üblichen: »Guten Tag, was darf's sein?«, begrüßte.

»Also für mich ein Tonicwater. Und du, Piero?«

»Für mich einen Eistee. Hübsch hier.«

Gewissermaßen als Antwort auf Pieros Lob drang aus dem Billardzimmer eine lange, komplizierte und ausführliche Schmähung eines unbekannten Spielers als unfähig, den wir einmal unbestimmt als X-ldo bezeichnen wollen und der von dem Ankläger (den wir, immer noch unbestimmt, Y-mpelio nennen wollen) abschließend mit einem Fluch belegt wurde, der keinerlei Interpretationsspielraum mehr zuließ.

Tiziana lächelte weiter, wie es ihr Job und ihr freundlicher Charakter ihr geboten, allerdings sichtlich angestrengt, während sie sagte: »Einen Eistee und ein Tonic. Sofort.«

»Und tausend Entschuldigungen seitens der Geschäftsleitung«, sagte eine Stimme unter dem Tresen. »Sie sind alt. Ich habe versucht, sie auszurotten, aber der WWF ist dagegen.«

»Das macht doch nichts«, sagte der, der nicht Piero hieß. »Es ist eine schlechte Angewohnheit. Wie es sie in der Toskana schon immer gibt. Das ist kein Fluch, einfach nur schlechte Erziehung.«

»Der Herr wird es nicht schätzen, wenn die letzten Tage zu Ende gehen«, hielt Piero es für nötig hinzuzufügen.

Unter dem Tresen tauchte ein neugierig gewordener Massimo hervor. Er sah sich die beiden an, erblickte die Zeitschriften und lächelte.

»Die letzten Tage? Und wann wäre das?«, fragte er, immer noch lächelnd, während Tiziana anfing, ihm böse Blicke zuzuwerfen.

»Wir erleben sie gerade, mein Lieber. Die Zeichen sind unmissverständlich.«

»Und wieso sind Sie sich da so sicher?«

»Es steht alles in der Apokalypse des Johannes. In der Bibel. Die Beschreibung ist klar und eindeutig. Hör zu: Das erste Zeichen ...«

»Nein, entschuldigen Sie. Wenn Sie mir erlauben, ein bisschen kleinlich zu sein. Sie sind sicher, dass wir in den letzten Tagen leben, weil in der Bibel eine Beschreibung der letzten Tage steht?«

»Sicher. Und die ist extrem klar. Sehen Sie sich doch zum Beispiel nur mal an, was heutzutage im Sudan geschieht, im Irak, in Afghanistan. Also ...«

»Nein, entschuldigen Sie bitte noch einmal. Bei allem Respekt, Sie stützen sich ausschließlich auf die Bibel? Das heißt, Sie glauben alles, was in der Bibel geschrieben steht?«

»Sicher. Die Bibel ist das Wort Gottes.«

»Also, alles, was in der Bibel geschrieben steht, ist wahr?«

»Ohne Zweifel. Das Wort Gottes ist die Wahrheit.«

»Also, erlauben Sie mir Folgendes: Sie wollen mir sagen, dass wir in den letzten Tagen der Menschheit leben, richtig?«

»So ist es. Sehen Sie nur, zum Beispiel ...«

»Lassen Sie mich ausreden, bitte. Sie sagen mir, dass wir in den letzten Tagen leben, weil die letzten Tage in der Bibel beschrieben sind und weil alles, was in der Bibel steht, wahr ist?«

»Genau. Wenn zum Beispiel ...«

»Leihen Sie mir mal kurz die Bibel, bitte? Da. Matthäusevangelium. Kapitel vierundzwanzig, Vers sechsunddreißig. Jesus spricht über das Kommen des Weltendes: ›Von dem Tage aber und von der Stunde weiß niemand, auch die Engel im Himmel nicht.‹ Auch Vers vier, der sagt, dass man den Predigern des Weltendes nicht glauben soll, ist interessant: ›Seht zu, dass euch niemand in die Irre führt. Denn es werden viele unter meinem Namen kommen.‹ Das scheint mir klar zu sein. Niemand weiß, wann das Ende der Welt kommt. Und man braucht denen nicht zu glauben, die behaupten, das Ende der Welt sei nahe, auch wenn sie sich als Botschafter des Herrn ausgeben.«

»Aber ...«

»Folglich, entschuldigt, ist das ein Widerspruch. Wenn das, was in der Bibel steht, alles wahr ist, dann seid ihr Betrüger. Tiziana, hör auf, mir gegen den Knöchel zu treten, siehst du nicht, dass ich mit diesen Herren hier spreche? Wenn aber das, was in der Bibel steht, nicht notwendigerweise wahr ist, dann seid ihr Träumer. In beiden Fällen weiß ich nicht, warum man euch zuhören sollte.«

In der Stille, die sich ausbreitete, als jeder für sich an die Episode zurückdachte, hatte Del Tacca sich mühselig aus seinem Stuhl hochgestemmt und seine hundertzehn Kilo ins Billardzimmer zurückgeschafft. Nach einigen Sekunden, in denen die Alten sich gegenseitig ansahen, als wollten sie sagen, na gut, hier gibt's keinen Klatsch mehr, dann gehen wir eben wieder nach hinten und spielen die Partie weiter, kehrte Del Tacca mit kleinen, schlurfenden Schrittchen unerwarteterweise zurück, eine auseinandergefaltete Zeitschrift vor sich her tragend. Mit der aufgeschlagenen Zeitschrift in der Hand ließ er besonders schwerfällig sein Hinterteil auf den Metallstuhl sinken, der sich mit einem kraftlosen Ächzen beklagte.

Ungerührt vom Leid des armen Stühlchens, betrachtete Pilade unverwandt die Zeitschrift, bis Aldo sich endlich nicht mehr beherrschen konnte: »Pilade, die ist von vorgestern.«

»Ich weiß. Ich bin extra deswegen nach hinten gegangen, um sie zu holen.«

Stille. Pilade tat so etwas nur sehr selten ohne Grund, ganz besonders nicht, wenn man dafür aufstehen musste. Deshalb trat Aldo hinter Pilade und beugte sich mit einer stillen Bitte um Erklärung über die Zeitschrift. Als Antwort zeigte Pilade auf einen Punkt der Seite und dann sofort auf einen anderen, ohne die Augen von der Zeitung zu nehmen. Dann tippte er mehrfach auf die Seite. Und während er tippte, veränderte sich Aldos Gesichtsausdruck. Ein flüchtiges Aufflackern von Hoffnung, das beinahe sofort fröhlicher Ungläubigkeit Platz machte.

»Das glaube ich nicht.«

»Glaub's nur, glaub's nur«, sagte Pilade grinsend. »Hab ich recht oder nicht?«

An dem Punkt stand auch Ampelio auf und stellte sich hinter die Zeitung, und Rimediotti verrenkte seinen mageren Geierhals, um einen Blick auf das begehrte Objekt werfen zu können. Beiden zeigte Pilade dieselben zwei Punkte.

Während die zwei Alten versuchten, zu demselben Schluss zu kommen wie Aldo, warf Massimo das Handtuch und verließ den Tresen, um sich ebenfalls hinter der Zeitung aufzustellen. Sinnlos, jetzt noch weiter die Rolle des redlichen Bürgers zu spielen, der sich um seinen eigenen Kram kümmert. Angekommen, beugte auch er sich zu der Zeitung und den beiden Fotos vor, aus denen die zwei Details hervortraten, auf die Pilade inzwischen triumphierend deutete.

»Da und da! Seht euch das an. Was sagst du, Massimo, hab ich recht oder nicht?«

Massimo besah sich die beiden Fotos genauer.

Verdammt noch mal. Du hast recht, ja.

Auf dem ersten Foto schüttelte Stefano Carpanesi einem seiner Anhänger mit fröhlicher Miene die Hand.

Er war im Profil aufgenommen, und auf dem Bild war die seltsame Form des rechten Ohrs des Kandidaten deutlich zu sehen: eine längliche Form ohne Ohrläppchen mit einer nach oben hin spitz zulaufenden Ohrmuschel, beinahe wie bei einem Elfen. Dasselbe Ohr, das einem aus dem Foto darunter beinahe entgegensprang, wo es am Schädel eines zarten, langhaarigen jungen Mannes befestigt war, der diesen leeren Gesichtsausdruck zur Schau trug, den man häufig auf Ausweisen sieht.

Unter dem ersten Foto informierte eine schwülstige Bildunterschrift: »Der Kandidat Stefano Carpanesi, hier mit einem seiner zahlreichen Unterstützer, die ihn nach den Begräbnisfeierlichkeiten zu Ehren des jungen Giacomo Fabbricotti vor der Kirche Santa Luce erwarteten, um ihm ihre Unterstützung zu demonstrieren.«

Die Bildunterschrift unter dem zweiten Foto beschränkte sich sehr viel mehr aufs Wesentliche.

Sie besagte schlicht: »Das Opfer, Giacomo Fabbricotti.«

»Es ist mir eingefallen, als ihr vorhin von Carpanesi geredet habt«, erklärte Pilade, während er den ihm gebührenden Ruhm mit verständlicher Genugtuung genoss. »Meine Frau hat immer gesagt, dass er ein gut aussehender Mann ist, und auf bestimmte Dinge achte ich einfach nicht so besonders. Nur dass ich gestern Abend zufällig eine von diesen Fernsehserien von vor zwanzig Jahren gesehen habe, die meinem Sohn immer so gefallen haben. Die mit dem Schiff, das im Weltall herumfährt, wo sie diesen Apparat haben, der sie von einem Ort an einen anderen versetzt.«

Trotz dieser dürftigen Beschreibung war es schwerlich möglich, dass Pilade von etwas anderem als *Star Trek* sprach. Dennoch räumte er jeglichen Zweifel aus, indem er fortfuhr: »In dieser Serie gibt es einen Piloten, der hat Ohren wie ein Dobermann. Und gestern Abend ist mir durch den Kopf gegangen, dass ich neulich bei irgendwem solche Ohren gesehen hatte. Nun ja, nur ungefähr, weil ich alt bin, aber auch als junger Mann hatte ich schon ein etwas schlechtes Gedächtnis, also mir wollte einfach nicht einfallen, bei wem. Als Tiziana aber vorhin von Carpanesi gesprochen hat, ist es mir wieder eingefallen. Also bin ich nach hinten gegangen, um zu sehen, ob ich recht habe. Und da ist mein Blick auch auf das Foto von dem Jungen gefallen. So, und jetzt sag mir, ob die nicht gleich sind.«

»Gleich spitz«, bestätigte Rimediotti, während er überzeugt nickte. »Sehen aus wie Vater und Sohn.«

Ampelio feixte.

»Oh, Gino, wachst du manchmal auch auf, bevor du morgens aus dem Haus gehst?«

»Ich hab's nicht verstanden«, antwortete Gino, während er sich zu Ampelio vorbeugte.

»Das ist ja mal was ganz Neues«, flüsterte Ampelio.

»Ich erklär's dir, Gino«, sagte Aldo, indem er die Zeitung aus Pilades Händen nahm und sie schlampig zurechtknüllte, während Massimo vor Abscheu schauderte. »Der Carpanesi und die Corucci haben '94 Doktorspielchen im Freien gespielt. Giacomo Fabbricotti, der dem Carpanesi so verblüffend ähnlich sieht, ist am 1. März '95 geboren. Wie viel macht zwei und zwei?«

Sieben

Das zweite Axiom des Klatsches besagt: »Wenn es logisch plausibel ist, dann ist es wahr.« Unter professionellen Lästermäulern braucht man keine Beweise, um das Urteil zu fällen; wenn ein Ereignis glaubhaft rekonstruiert und allen Personen kohärente Verhaltensweisen zugeschrieben werden können, also dann sind die Dinge auch so passiert, wie wir das sagen, daran ist nichts zu deuteln.

In seiner Rolle als Richter, nur mit dem Billardstock anstatt des Hammers in der Hand, rekapitulierte Aldo die Lage: »Mir scheint alles ziemlich klar. Carpanesi muss Pater Adriano gebeichtet haben, dass er Giacomos leiblicher Vater ist. Und jetzt, mit dem ganzen Durcheinander, das da rausgekommen ist, geht der gute Bruder Adriano zu Fusco, um es ihm zu sagen.«

»Ja, klar«, fuhr Ampelio fort. »Er ist sein Sohn, also erpresst sie ihn. All die ganzen Moneten auf den Konten können nichts anderes bedeuten. Und an einem bestimmten Punkt kann er nicht mehr und bringt sie um!«

»Ja, aber eins hab ich noch nicht verstanden«, wandte Pilade ein. »Man macht doch so was nicht ohne Motiv. Also, ich sag's dir noch mal: Erklär mir bitte, warum die

Corucci es deiner Meinung nach nötig gehabt haben soll, den Carpanesi zu erpressen?«

»Na, weil sie an die Kohle wollte. Manche Leute kriegen den Hals eben nie voll.«

»Also, ich weiß nicht. Mir kommt das reichlich seltsam vor.«

»Ich bin mir gar nicht mal so sicher, ob die Corucci wirklich so reich war«, warf Rimediotti ein. »Diese Leute sind doch hinter schönen Dingen her. Autos, um nur eins zu nennen. Und die fuhr mit einem Fiat Punto in der Gegend herum, und dazu noch in einem von vor zehn Jahren.«

»Wie kommst du denn darauf?«

»Sieh mal«, sagte Gino und nahm die Zeitung, wo das Foto von Marina Coruccis um eine Kiefer gewickeltem Wagen abgedruckt war. »Das da ist das Auto. Das Kennzeichen fängt mit BC an. Also ist es bestenfalls von 2000.«

»Na gut, aber das ist normal«, sagte Aldo. »Reiche Leute haben oft einen Kleinwagen. Zum Beispiel, um einkaufen zu fahren.«

»Tss, Aldo, da kanntest du den Fabbricotti aber schlecht. Der war arm und ist dann reich geworden, und auf bestimmte Sachen hat der sehr viel Wert gelegt. Der hat immer zeigen wollen, dass er Kohle hat. Hat sich angezogen wie Keri Gränt. Du glaubst doch wohl nicht, dass er seine Frau einen Punto hätte kaufen lassen. Wenn seine Frau einen Kleinwagen hätte haben wollen, hätte er ihr eine Mercedes-A-Klasse gekauft, keinen Punto. Wenn ihr mich fragt, also ...«

Überraschtes Schweigen. Rimediotti hatte recht. Das geschah nicht oft.

»Dieses Auto hier ist zehn Jahre alt«, sagte Ampelio nachdenklich. »Wann ist der Fabbricotti noch mal gestorben?«

»Hm, vor fünf oder sechs Jahren, maximal. Das war in dem Jahr mit den Quallen, glaube ich.«

»Also 2002«, sagte Pilade entschieden.

»Erinnerst du dich so gut daran?«

»Ja, ich erinnere mich. Die Sterbeurkunde hab ich archiviert.«

»Also dann …«

»Dann hat ihr der Fabbricotti diesen Wagen gekauft«, schloss Del Tacca bitter. »Er hat ihn gekauft, weil er im Jahr 2000 noch am Leben war.«

»Du bist mir vielleicht einer«, mischte sich Ampelio ein, liebenswürdig wie immer. »Denk mal, es gibt auch so was wie Gebrauchtwagen auf der Welt.«

»Ampelio hat recht«, sagte Aldo. »Die Corucci hätte sich den Wagen auch erst hinterher kaufen können, und zwar gebraucht. Und sie hat ihn gekauft, weil …«

»Weil sie am Ende war!«, schloss Ampelio. »Die war arm wie eine Kirchenmaus und konnte sich so einen Wagen nicht leisten. Wenn du kurz vor der Pleite stehst, kaufst du dir keinen Mercedes.«

»Also mir kommt das doch sehr seltsam vor.«

»Komm, ich erklär's dir. Wenn …«

Siebzig Prozent der menschlichen Kommunikation ist nonverbal. Als Bill Clinton sagte: »Ich habe niemals Sex mit dieser Frau gehabt«, sagten seine Hände, die sich mit nach unten gedrehten Handflächen vom Körper entfernten: »Ich erzähle eine Lüge.« Wenn unsere Exfreundin mit fest verschränkten Armen und Beinen auf dem Sofa saß, während wir ihr erklärten, warum wir den ganzen Nachmittag das Handy ausgeschaltet hatten, dann sagte sie: »Nimm dich in acht, mein Hübscher, ich bin nicht so dumm, wie du glaubst. Ich weiß ganz genau, mit wem du zusammen warst und was du gemacht hast, und sobald du aufhörst zu reden, nagele ich dich fest.«

Als Tiziana Massimo flüchtig ansah und ihr Blick immer wieder zwischen den Alten, die weiter diskutierten, ob die Corucci nun reich oder arm gewesen war, und Massimo und sich selbst hin und her flog, sagte sie unüberhörbar: »Massimo, ich bitte dich. Ich weiß, ich habe versprochen, nichts zu sagen, aber ich weiß doch, wie die Dinge wirklich gewesen sind, ichbittedichichbittedichichbittedichlassesmichihnensagen.«

Und dann konnte Massimo Tizianas bettelndem Blick nicht mehr widerstehen.

»Tiziana erklärt euch jetzt, was passiert ist«, sagte Massimo, während er wieder hinter den Tresen zurückging.

»Tiziana?«, fragte Aldo.

»Ja. Genießt die Vorstellung, ich hab sie schon bei der Premiere gesehen.«

Zehn Minuten waren vergangen. Tiziana hatte von dem Nachmittag beim Notar erzählt und die Alten zum Schweigen gebracht, die mit hingerissen triumphierenden Gesichtern lauschten. Am Ende hatten sie ein, zwei Berechnungen zu Fabbricottis Einnahmen und Ausgaben angestellt. Sie hatten ausgerechnet, wie hoch das zu erwartende Erbe gewesen sein müsse, hatten das Leben der Verstorbenen beschrieben und kommentiert und dann das Urteil gesprochen.

Die Corucci war arm gewesen. Davon zeugten ihr Lebensstil, das günstige Auto und vor allem die ungeheure Verformung der Realität, die sich der Überzeugung verdankt. Und folglich war das Verdikt ergangen. *Das Gericht hat gesprochen.*

Während die Richter ihre eingebildeten Togen ablegten, um sich wieder in einfache Senatoren mit einer Schwäche fürs Billardspiel zu verwandeln, nahm Aldo die Zeitung und betrachtete sie kopfschüttelnd.

»Schon seltsam, wie das Gehirn funktioniert. Vorgestern hab ich diese Bilder bestimmt zehn Mal angeschaut und mir dabei überhaupt nichts gedacht.«

Unmittelbar nach dieser Bemerkung zog er seine Zigaretten hervor und zündete sich nonchalant eine an. Massimo, der sowieso erkannte, dass heute nicht der Tag war, um auf Regeln zu pochen, streckte die Hand aus und nahm sich beinahe mechanisch ebenfalls eine.

»So seltsam ist das doch gar nicht. Um etwas zu sehen, muss man wissen, wonach man gucken soll.«

»Sicher«, antwortete Aldo. »Wie diese beiden armen Zeugen Jehovas, die einfach nur versucht haben, dir das Paradies zu schenken. Und du hast sie zur Hölle geschickt.«

»Nun, bei denen warst du aber wirklich sehr unhöflich«, sagte Tiziana. »Die Ärmsten, die wollten doch nichts Böses. Was haben die dir getan?«

»Es sind Fanatiker. Ich kann dermaßen Überzeugte nicht ertragen.«

»Dann pass aber auf, dass du nicht in den Spiegel schaust«, versetzte Aldo und legte den Stock auf ein Tischchen.

»Nimm den sofort da weg. Und den Nächsten, der einen Stock herumliegen lässt, den hänge ich an den Daumen auf.«

Aldo ging hinaus, um den Stock an seinen Platz zu bringen, und Massimo trank seinen Tee aus, während er wartete, bis er zurückkam.

»Ich habe mich nicht klar ausgedrückt, Aldo. Es sind religiöse Fanatiker. Ich ertrage die Religionen nicht. Das eigene Leben auf etwas aufzubauen, ohne jemals auch nur den Hauch eines Zweifels zu spüren, das ist doch schwachsinnig. Und es dann noch auf religiöse Dogmen zu bauen, ist noch viel schlimmer. Ohne Religionen wäre die Welt wesentlich besser.«

»Du kommst mir dumm vor«, mischte sich Del Tacca ein, spuckte mit der gewohnten Höflichkeit die Worte förmlich wie Projektile durch das Blasrohr seiner filterlosen Stop. »Die Welt wäre eine bessere ohne Religionen, pah. Es braucht Regeln. Es kommt halt darauf an, was für welche. Du musst doch zugeben, dass die Welt ein ganzes Stück besser wäre, wenn alle sich wie Christenmenschen verhalten würden.«

»Richtig«, sagte Tiziana. »Es wäre eine perfekte Welt.«

»Und wer sagt das?«, fragte Massimo, während er sich ein weiteres Glas Eistee einschenkte.

»Gott, logischerweise«, sagte Rimediotti. »Du stellst Regeln auf, und wenn die Regeln gut sind und alle sie befolgen, dann muss zwangsläufig alles gut werden. Und wenn niemand sie befolgt, gibt es Chaos.«

»Genau«, sagte Ampelio. »Wenn man die Regeln nicht befolgt, gibt es Chaos. Ich zum Beispiel dürfte eigentlich nicht rauchen. Und weil ich Diabetes habe, müsste ich auch Diät halten. Wenn's nach dem Doktor ginge, müsste ich schon seit zehn Jahren erledigt sein. Stattdessen bin ich dreiundachtzig und pfeife auf ihn und seine Regeln und bin immer noch hier.«

»Was allerdings nicht unbedingt positiv zu bewerten ist«, sagte Massimo. »Wie dem auch sei, es ist das Prinzip, das nicht stimmt. Es ist nicht gesagt, dass aus guten Regeln zwangsläufig Gutes entsteht.«

»Entschuldige, aber wie meinst du das?«, fragte Tiziana.

Massimo stellte das Glas ab und zündete sich eine weitere Zigarette an. Es kam sowieso nicht mehr darauf an. Na gut, sagten die Gesichter der Alten reihum, jetzt sind wir mit der Vorlesung dran.

»Ich bin Mathematiker. Die Mathematik beschäftigt sich mit Regeln und den Implikationen, die diese Regeln beinhalten. Nehmen wir irgendein beliebiges Spiel, was weiß ich, Schach oder Monopoly.«

»Oder Sexspielchen«, schlug Ampelio vor.

»Nein, halten wir uns an Schach, das ist besser. Die Regeln des Schachspiels sind überaus einfach: In erster

Linie dürfen die Figuren sich nicht gegenseitig überholen. Der Bauer bewegt sich immer nur ein Feld nach vorne, bei der Eröffnung zwei. Der König ein Feld in alle Richtungen, der Läufer in der Diagonalen, so viele Felder, wie er will, das Pferd muss ein L beschreiben aus zwei Feldern in der einen und einem Feld in der anderen Richtung. Und die Dame schließlich kann sich in jede Richtung und über so viele Felder, wie sie will, bewegen. Einfacher geht's nicht, oder? Und dennoch ergibt sich aus diesen Regeln eine Partie Schach. Oder besser gesagt, eine unendliche Menge an möglichen Kombinationen, Myriaden von Taktiken und sinnvollen Strategien, ein Haufen Komplexität, der seinesgleichen sucht. In wenigen Worten: ein ungeheures Chaos, das zu beherrschen überaus schwierig ist.«

»Kommt mir noch untertrieben vor«, meinte Ampelio. »Ha. Wo die Frau machen kann, was sie will, gibt's immer ein Chaos, von dem schon die Hälfte mehr als genug wäre, und das ist so, seit die Welt die Welt ist.«

»Also, wenn du eine Gesamtheit von Objekten erschaffen musst, deren Verhalten von Regeln bestimmt sein soll, dann gibt es, selbst wenn alle Objekte oder Individuen diese Regeln buchstabengetreu befolgen und sie nicht verletzen können, keine Einfachheit. Aus klaren Regeln kann ein Durcheinander entstehen, das unmöglich vorhersehbar ist, wenn man einfach nur auf Basis der Regeln denkt, nach denen es erschaffen wurde. Du kannst nur zusehen, wie das System, das die Regeln erschaffen haben, sich entwickelt, aber du kannst nicht a priori voraussagen, wie es sich entwickeln wird.«

Massimo schenkte sich noch etwas Tee ein und lehnte sich mit dem Rücken gegen die Säule hinter dem Tresen. Ampelio nutzte den Augenblick des Schweigens und sagte: »Während die Dinge sich entwickeln, würdest du mir einen Espresso machen?«

»Abgesehen davon gefällt mir an der Religion nicht, dass sie nicht freigeistig ist: Der Wahlspruch der katholischen Religion ist: ›Was du nicht willst, dass man dir tu, das füg auch keinem andern zu‹, was aber oft zu ›Behandele die anderen nach deinen eigenen Überzeugungen‹ umgedeutet wird«, fuhr Massimo fort, während er Ampelio den Espresso servierte. »Folglich, auf die Spitze getrieben, ist es dir schnurzegal, was die anderen denken: Was gut für dich ist, muss auch gut für die anderen sein. Das nennt man Intoleranz. Und die Tatsache, dass im Prinzip ein Gläubiger nach, theoretisch, nur den allerbesten Maßstäben urteilt, beruhigt mich da nicht wirklich. Aus den gerechtfertigsten Prinzipien, gerechten und – in der Theorie – idealen Prinzipien heraus, können Menschen mit ihrem alltäglichen Verhalten, das nicht von theoretischen Regeln, sondern von Problemen, Leidenschaften und Wünschen bestimmt wird, wahre Abscheulichkeiten begehen. Ein bisschen so wie der reale Sozialismus. Also, das geht alles in Ordnung, wenn du ein normaler, ausgeglichener und guter Mensch bist. Aber wenn du ein Masochist bist? Wenn du Vegetarier bist? Wenn du einfach nur ein riesiges Arschloch bist?«

Massimo kehrte hinter den Tresen zurück.

»Du kannst nicht davon ausgehen, dass das, was für dich gut ist, für die anderen auch gut sein muss. Diese Haltung beruht auf der Voraussetzung, dass das, was für dich gut ist, richtig ist, dass also deine Werte die richtigen sind. Erstens, wer sagt denn, dass es die richtigen sind?«

»Die Bibel«, wagte Del Tacca sich vor.

»Die Bibel, sicher. Dasselbe Buch, das auch behauptet, dass die Sonne um die Erde kreist, welche ungefähr zehn Millionen Jahre alt ist. Entschuldige, aber in einen Text, der diese Informationen liefert, habe ich kein bedingungsloses Vertrauen. Und glaub bloß nicht, dass ich einfach nur so daherrede, denn die Bibel kenne ich gut. Ich glaube, das hab ich dir schon letzte Woche bewiesen.«

»Und wie kommt es, dass du die Bibel so gut kennst?«

»Weil ich den Katechismus gelernt habe. Ich habe die Taufe mitgemacht, die Kommunion und die Firmung, und ich hab alle drei Prüfungen bestanden.«

»Wenn's darum geht, so hast du dich sogar verheiratet, und zwar in der Kirche«, mischte sich Ampelio ein. »Aber mir ist, als hätten sie dich im September doch nicht in die nächste Klasse versetzt.«

»Außerdem«, fuhr Massimo fort, während er seine Zigarette ungerührt in Ampelios Kaffee ausdrückte, »habe ich sie gelesen, die Bibel. Im Gegensatz zu den vielen Frömmlern, die nur in die Kirche rennen, um Rosenkränze zu murmeln. Sie ist ein interessantes

Buch. Teilweise wunderschön. Und von fundamentaler Bedeutung, denn ein großer Teil unserer Kultur und unserer Erziehung beruht darauf.«

»Ah, und steht in der Bibel auch, dass du deinem Großvater den Kaffee versauen darfst?«

»Nein«, sagte Aldo, während er sich hinsetzte. »Darin steht, dass es eine Zeit zu reden gibt und eine Zeit zu schweigen. Das ist eine sehr bedeutsame Passage, die kann ich dir nur ans Herz legen.«

»Also«, nahm Massimo den Faden wieder auf, »das Prinzip, nach dem du das Leben der anderen auf Grundlage deiner Maßstäbe bestimmen darfst, gefällt mir nicht. Denkt nur an eine Nation, in der sich alle so benehmen müssten, wie es meinem Großvater gefällt. Erstens würde überhaupt niemand mehr ein Buch lesen. Zweitens würde die Nation innerhalb von genau zwölf Sekunden untergehen, wenn man bedenkt, wie mein Großvater über die Arbeit denkt.«

»Sieh an! Der Genosse Stakanow hat gesprochen! Ich habe dreißig Jahre gearbeitet, um deine Mamma zu ernähren und sie studieren zu lassen.«

»Drittens«, fuhr Massimo fort, »würde niemand die Existenz der anderen zur Kenntnis nehmen. Das wäre das Hauptproblem.«

»Hört sich ein bisschen komisch an, ausgerechnet aus deinem Mund«, bemerkte Del Tacca.

»Ganz und gar nicht«, antwortete Massimo. »Ich habe überhaupt nichts gegen andere Menschen, solange sie sich rational verhalten und mich in meiner Freiheit nicht einschränken. Was ziemlich häufig geschieht, das muss ich zugeben. Aber darum geht es nicht. Es geht darum, dass man, wenn man auf der Welt sein möchte, zwangsläufig die Tatsache bedenken muss, dass es mehr oder weniger noch sechs Milliarden andere Menschen gibt, die dieselben Rechte wie man selbst haben sollten. Wenn man also wirklich irgendeinem Prinzip folgen muss, dann scheint es mir wichtig, das im Kopf zu behalten. Deine Freiheit endet da, wo die der anderen beginnt. Das scheint mir vielversprechender zu sein, so als Prinzip.«

»Schöne Worte, Massimo, wirklich«, sagte Del Tacca. »Also dann erklär mir doch mal, warum einer, der zur falschen Zeit bei dir einen Cappuccino bestellt, wenn er Glück hat, einen Eistee bekommt, und wenn er Pech hat, zum Teufel gejagt wird?«

»Nun, ich hab dir das Prinzip erklärt. Aber ich hab nicht gesagt, dass es leicht anzuwenden wäre oder dass ich es immer wortwörtlich befolge. Ich bin ja schließlich nicht der Messias oder der Papst. Ich bin ein Barmann. Du hingegen bist frei, in eine andere Bar zu gehen. Ist ja nicht so, dass ich dir nachlaufen und dich daran hindern würde, deinen Kaffee in einer anderen Bar oder zu Hause zu trinken. Ich geh dir auf die Nerven, weil du gegen meine Überzeugung verstößt, dass nur Prokarioten auf die Idee kommen, nach der Mittagsstunde noch Cappuccino zu trinken, aber ich hindere dich an gar nichts. Wenn ich aber katholisch bin und der Meinung, dass die künstliche Befruchtung eine Sünde ist, was mache ich dann? Dann fordere ich die Leute auf, nicht für das Referendum zu stimmen, sodass du, aufgrund meiner Überzeugung, keine künstliche Befruchtung machen kannst. Das ist genauso, als würde ich dir nach Hause folgen und dich daran hindern, Kaffee zu trinken. Ich schränke deine Freiheit ein, oder nicht?«

»Der Junge hat recht«, sagte Ampelio. »Die Kirche ist ja inzwischen schon zur Schwiegermutter des Staates geworden. Kaum kommt ein Gesetz raus, sind die schon dabei, es zu bequatschen. Dieses hat man schon immer so gemacht, jenes macht man nicht und das auch nicht. Kaum machst du mal was auf eigene Rechnung, ist es schon eine Sünde. Als hätten die nichts anderes zu tun, als über Embryonen nachzudenken.«

»Aber das sind ihre Überzeugungen. Daran glauben sie. Du kannst ja wohl kaum vom Papst verlangen, nicht vom Recht auf Leben zu sprechen, er vertritt nur seine Position.« Tiziana hörte auf, einige Tabletts abzuwischen.

»Es kommt mir aber vor, als täte er das auf ziemlich seltsame Weise. Um es gelinde auszudrücken. Erlaubt mir eine Frage: Tiziana, warum will der Papst nicht, dass wir Sex mit Kondomen machen?«

»Weil dann keine Kinder mehr geboren würden«, mischte sich Aldo ein. »Was eine Sünde wäre, wenn man sich nur mal Tiziana anguckt, und eine Erleichterung, wenn man an dich denkt. Folglich scheint mir das eine ausgewogene Position.«

»Richtig. Es würden keine Kinder mehr geboren. Wir würden uns nicht fortpflanzen. Aber …« – und hier war Massimo versucht zu sagen, dass man sich dafür umso mehr vergnügen würde, aber die Gefahr, von Tiziana das Tablett um die Ohren gehauen zu bekommen, war greifbar –, »also, es bliebe nur noch der Genuss. Der Genuss ohne den Zweck, für den er gedacht ist. Richtig?«

»Genau.«

»Folglich, entschuldige, wenn ich darauf herumreite, wenn ich etwas nur zu meinem persönlichen Vergnügen tue, ohne jeden anderen Zweck, dann hat die Kirche etwas dagegen?«

»Sicher. Sie nennt es Sünde«, sagte Aldo.

»Und wenn dieser Akt, der mir Vergnügen bereitet, auch noch mein Leben und das der anderen gefährden würde, was machen wir dann? Ich bin ein Sünder, und ich riskiere das Leben anderer. Ist das nun schlimmer, als mit Kondom zu ficken oder nicht? Da steht es zwei zu eins.«

»Na ja, ich würde sagen, es ist schlimmer.«

»Also warum geht mir dieser Oberarsch von einem Papst dann mit dem Kondom auf die Nerven und sagt mir stattdessen lieber nicht, ich soll aufhören zu rauchen? Warum ist er nur so besessen vom Sex? Ich genieße ihn, die Person, mit der ich ihn mache, genießt ihn, wir sind alle beide fröhlich, haben niemandem ein Leid zugefügt. und das soll dem Papst zufolge Gott nicht gefallen? Aber wie zum Teufel soll das denn möglich sein? Wenn man so denkt, muss man ja zu dem Schluss kommen, dass Gott, vertreten durch den Papst, was gegen uns hat. Das ist doch nicht logisch. Das leuchtet mir nicht ein. Sollten wir nicht eigentlich seine Lieblingskinder sein? Also, wenn mein Sohn mit seinen kleinen Freunden spielen würde, ohne beim Nachbarn die Scheiben einzuwerfen oder dem Großvater die Nerven zu ruinieren, dann wäre ich doch zufrieden. Und wie muss das erst für Gott sein, der sechs Milliarden davon hat! Wenigstens zwei, um die er sich keine Sorgen zu machen braucht.«

Massimo sah die Alten an, die wiederum ihn mit verständlicher Sorge anblickten.

Wenn Massimo sich auf dieses Thema einschoss, war es beinahe unmöglich, ihn aufzuhalten. Einzig eine Atombombe hätte das gekonnt. Rimediotti, ein Optimist von Natur aus, versuchte ein Ablenkungsmanöver, indem er laut aus der »Gazzetta« vorlas: »›Urca, dieser Gourcuff. Dribbling und Klasse im Scheinwerferlicht der Weltmeisterschaft. Über das junge französische Talent besteht Einigkeit.‹ Habt ihr schon gesehen, wie dieser Kerl spielt? Sieh mal, gestern hab ich …«

Massimo setzte sich und hing seinen Gedanken nach, während sein parasympathisches System dem Körper weitere Befehle erteilte, die großen Flaschen hinter die kleinen zu stellen. Wie immer, wenn man sich auf Diskussionen dieser Art einließ, war sich Massimo im Klaren darüber, dass niemand seine Meinung zu dem Thema ändern würde.

Das machte Massimo wütend: feststellen zu müssen, dass es schwierig ist, die Meinung von Menschen zu ändern, auch in den seltenen, überaus seltenen Fällen (zu denen dieser nicht zählte), in denen man hundertprozentig recht hat. Oder besser: feststellen zu müssen, dass die Leute bei bestimmten Themen nicht in der Lage sind, ihre Meinung zu ändern, weil sie nicht bereit sind, darüber nachzudenken. Ernsthafte, direkte Fragen zu stellen und Schlussfolgerungen daraus zu ziehen, die möglicherweise einen großen Teil der Welt infrage stellen, in der man bisher gelebt hat. Über einige Themen – allen voran Religion und Politik – wollen viele Menschen schlicht und einfach nicht nachdenken, weil sie Angst haben.

Angst, herauszufinden, dass die Gewissheiten, auf die sie sich immer verlassen haben, in Wirklichkeit keine Bollwerke der Wahrheit sind, sondern kleine, armselige Dogmen, die von Menschen aufgestellt wurden, die unter moralischem Zwergenwuchs litten, die wundervolle Botschaften voller Hoffnung, wie diejenige von Jesus Christus, nahmen und sie auf Regeln reduzierten, auf Vorschriften und Verbote; Kleingeister, unfähig, den Menschen in all der Pracht seiner Intelligenz zu erkennen, und die nur darin gut waren, den eigenen Bischofsstab den Rädern des Fortschritts in die Speichen zu werfen.

Und anstatt dann vor Wut zu explodieren, wenn ihnen bewusst wird, dass sie von diesen Steuerberatern der Seele ganz gewaltig verschaukelt worden sind, und sich mit einem Tritt in den Allerwertesten von ihnen zu befreien, um endlich das zu tun, was Christus wirklich gesagt hat, haben viele Leute Angst. Angst, eine Religion loszulassen, die häufig reine Gewohnheit ist und die gerade deshalb Sicherheit bietet. Angst, nach denselben fehlerhaften Kriterien von ihren Bekannten verurteilt zu werden. Angst, gerade darin einen Irrtum zu begehen, indem man denkt, sich vorher geirrt zu haben – im Grunde also der Gedanke: wer bin ich schon, über eine Religion zu urteilen –, und folglich Angst davor, sich einem Antidot anzuvertrauen, das schlimmer sein könnte als das Übel.

Angst, sich zu irren.

Massimos Gedanken begannen abzuschweifen.

Ich verstehe nicht, was so beschämend daran ist, sich zu irren. Irren ist menschlich. Ein Experte ist jemand, der auf seinem Gebiet alle möglichen Fehler gemacht hat und sich an jeden einzelnen davon erinnert. Man wächst an seinen Irrtümern. Warum kann einer zugeben, dass er einen Fehler machen kann, wenn er einen Kuchen backt, und hält sich gleichzeitig für unfehlbar, wenn er die Handlungen der Menschen aus der Perspektive Gottes beurteilt? Oder besser gesagt aus einer Perspektive, zu der er sich als menschliches Wesen eigentlich nicht so mühelos aufschwingen können sollte?

Massimo schüttelte den Kopf, während er weiter Flaschen aus den Kästen hob und sie in den Kühlschrank stellte. Ich habe meine Überzeugungen. Die anderen haben ihre. Solange sie mir damit nicht auf die Nerven gehen oder ich den anderen, kommen doch alle prima zurecht. Orange, Ananas, Papaya, Pfirsich, Tropical. Und den Chinotto, wo stelle ich den hin? Da, hinter alles andere? Ja gut, das geht. Ich bin ja sowieso der Einzige, der den trinkt.

Massimo stellte Chinotto-Fläschchen ganz hinten in den Kühlschrank und begann, eine kompakte Mauer aus Schweppes-Fläschchen zu ihrer Verteidigung davor zu bauen. Vom weniger Verkauften zum Meistverkauften, klar. Folglich Chinotto, Tonic, Coca-Cola.

»Ah, Massimo, entschuldige …«

»Einen Augenblick, Rimediotti, ich mache das hier nur eben zu Ende, dann bin ich gleich bei Ihnen.«

»Ja, aber …«

»Einen Moment, sonst werde ich hier nie fertig. Zwei Minuten. Ist denn Tiziana nicht da?«

»Nein, sie ist an den Tischen draußen. Wenn du in der Zwischenzeit …«

»Nur zwei Minuten, und ich komme.«

Nun hab doch noch zwei Minuten Geduld, du meine Güte. Ich liege hier auf Knien, du weißt doch, dass ich Rückenschmerzen habe, also kannst du doch wohl eine Sekunde warten, oder? Madonna, was für eine Generation von Abhängigen. Haben ihr ganzes Leben lang noch keinen Handschlag getan, haben Sklaven geheiratet, die ihnen im Haus alles hinterhertragen, ohne dass sie auch nur einen Finger krumm machen mussten, und sind es halt so gewohnt. Ich schnippe mit dem Finger, und du rennst. Wie, du machst gerade etwas anderes? Dein Problem. Ich störe dich? Nur die Ruhe. Aber ein bisschen Achtung für das, was du tust? Niemals. Jetzt bin ich gleich fertig, und dann kümmere ich mich um dich, ja?

Massimo stellte die letzte Flasche in den Kühlschrank und bewunderte sein Werk. Schön, präzise, geordnet. Eine Augenweide.

Schade, dass früher oder später jemand ein Fläschchen bestellen und alles ruinieren würde. Der Gedanke beunruhigte ihn ein wenig. In etwa so wie als kleiner Junge, wenn er ein neues Glas Nutella öffnete. Der Anblick der glatten und kompakten Oberfläche mit jener sich kaum abzeichnenden kleinen Blüte in der Mitte, die die Abfüllanlage hinterlassen hatte, hatte Massimo immer dermaßen entzückt, dass er es kaum übers Herz brachte, den Löffel hineinzustecken und diese wunderbare Symmetrie zu zerstören. Gut, hören wir mal, was dieser Alte möchte.

»Bitte, Rimediotti?«

»Aber du wirst jetzt nicht wütend, ja.«

»Warum sollte ich denn wütend werden?«

»Na ja, ich wollte einen Chinotto …«

Acht

»Freut mich, Enrico Cellai.«

»Ganz meinerseits, Tiziana Guazzelli.«

»Also, hier entlang. Wenn ihr nichts dagegen habt, würde ich vorschlagen, wir gehen direkt hinein und werfen einen Blick in die Wohnung. Wenn es euch von innen gefällt, sehen wir uns das Ganze noch kurz von außen an.«

»Also gut, gucken wir erst mal, ob es uns innen gefällt.«

»Wir fangen jetzt nicht sofort an herumzumeckern, Massimo, bitte. Außerdem kann es ihr gar nicht nicht gefallen. Es ist ein kleines Schmuckstück.«

Massimo ging im Gänsemarsch hinter Tiziana und Enrico, einem der wenigen Schulfreunde, mit denen er noch nach dem Abitur befreundet geblieben war, durch das Tor, das Enrico ihm aufhielt, und trat in den Garten, während er sich fragte, was zum Henker er hier eigentlich machte. Tiziana hatte das Ganze mit perfider Intelligenz eingefädelt. Sie hatte das Treffen für Mittwoch vereinbart, dem Ruhetag der Bar, und bevor sie den Termin festgemacht hatte, hatte sie sich sorgfältig versichert, dass Massimo an dem Tag nichts vorhatte. Danach hatte sie Massimo gebeten, sie zu begleiten. Schließlich war Cellai sein Freund, und in solchen Dingen schadet es nie, einen Freund dabei zu haben. Aber ich muss doch noch einkaufen, hatte Massimo versucht sich zu wehren. Dabei helfe ich dir hinterher, hatte Tiziana ihm gesagt. Reingelegt, hatte Massimo gedacht.

»Also«, sagte Enrico, »der ganze Garten gehört zur Wohnung. Vom Wohnzimmer und von der Küche aus kommt man direkt hinein. Die Gegend hier ist sehr ruhig, man hört überhaupt nichts. Im Frühling kann man sich hier schön hinsetzen, mit dem Liegestuhl, und etwas lesen und es sich gut gehen lassen.«

Während sie durch den Garten gingen, musste Massimo an die Zeit denken, als er mit seiner Exfrau, der alten Hexe, eine Wohnung gesucht hatte. Insgesamt hatten sie an die dreitausend Wohnungen besichtigt, in Begleitung diverser Immobilienmakler aller Arten, von ernsthaften Profis (wenigen) bis hin zu regelrechten Aasgeiern. Sie hatten gelernt, nicht mehr auf den Jargon von Letzteren hereinzufallen, der sich stets um eine bestimmte Zahl von feststehenden Formulierungen rankte, die, lässig in den Raum geworfen, ergänzt oder vervollständigt werden mussten: »exklusive und abgeschiedene Wohnlage« (das Haus steht auf einer Hügelkuppe mit Blick auf die Müllkippe), »rustikaler Stil mit Ziegelstein und originalen Balken« (Ruine, die nur noch vom Schimmel aufrecht gehalten wird) oder »historischer Palazzo mit Fresken aus dem 18. Jahrhundert« (die Rohre stammen noch aus dem 17.). Sie hatten gelernt, nicht auf das zu vertrauen, was sie lasen, was sie hörten und, manchmal auch, was sie sahen. Bis sie sich an Enrico gewandt hatten.

Der Makler öffnete die massive Eingangstür und ließ Tiziana und Massimo in einen dunklen Salon eintreten, der ein bisschen stickig und ungelüftet roch.

»Ihr seht, man tritt direkt ins Wohnzimmer. Wartet mal kurz, ich mache die Fenster auf, damit wir alles richtig sehen können.«

Während Massimo sich unkonzentriert umschaute, ging Enrico zu den großen Fenstern am anderen Ende des Raums, öffnete sie und stieß mit raschen und geübten Bewegungen die Läden auf. Licht durchflutete den Raum.

Enrico machte keine Winkelzüge. Statt »rustikal« sagte er »Bruchbude«, statt »funktional« sagte er »zur Hauptstraße gelegen«, und statt »da ist noch ein bisschen was zu machen« sagte er »du müsstest es mit dem Schaufelbagger abreißen«. Und wenn Enrico »kleines Schmuckstück« sagte, dann meinte er auch »kleines Schmuckstück«. Wie in diesem Fall.

Der Boden war mit Parkett ausgelegt, hell und matt, mit großflächigen Lamellen. Die Decke war niedrig. Eine Wand wurde von einer Schiebetür im japanischen Stil gebildet. In die Wand daneben war ein gemauerter Kamin eingelassen. Auch die Küche, die sich im Wohnzimmer befand, war aus Mauerwerk. Von dem bodentiefen Fenster gegenüber der Küche sah man den Rasen, leuchtend grün.

Ein kleines Schmuckstück.

Da Massimo und Tiziana nur stumm staunten, sprach Enrico weiter: »Das Haus ist aus den Neunzigern. Geplant wurde es vom Studio Archè, es ist eines der ersten Häuser, die sie gebaut haben, bevor sie berühmt geworden sind. Ausgeführt hat die Bauarbeiten die Firma Famor. Für die kann man die Hand ins Feuer legen. Exzellente Materialien, viel Aufmerksamkeit fürs Detail, einfach alles.«

Während Enrico weitersprach, war Massimo zu der Schiebetür gegangen und hatte sie vorsichtig aufgeschoben (es war ja schließlich nicht sein Haus); hinter der Tür befand sich ein einzelner riesiger Raum mit einer weiteren Tür am anderen Ende. Als er diese öffnete, blickte Massimo in ein kleines Badezimmer mit Waschbecken, Toilette und einer ultratechnologischen Dusche mit Massagedüsen.

Ein kleines Schmuckstück.

Auf dem Rückweg, im Auto, fanden Massimo und Tiziana die Sprache wieder. Allerdings fiel kein Wort über die Wohnung. Nachdem sie sie verlassen hatten, hatte Tiziana die schicksalhafte Frage gestellt, und Enrico hatte blitzschnell die Summe genannt. Die Summe war hoch, mindestens fünfzigtausend Euro über dem, was sie sich leisten konnten. Und das Haus war klein: ein Haus für einen Alleinstehenden oder ein Paar ohne Kinder. Und das war es nicht, was Tiziana vorschwebte.

»Aber warum wolltest du es dann besichtigen?«, fragte Massimo, während er auf die Straße blickte.

»Weil ich neugierig war und mal so ein Haus sehen wollte. Ich habe mir vorgestellt, dass es schön sein müsste. So wie er es beschrieben hat, schien es mir unglaublich. Aber was soll ich mit so einem schönen Haus?«

Ich werde sie nie verstehen, die Frauen.

»Außerdem wird man ja nicht zufällig so reich. Der Fabbricotti hat sich sein ganzes Geld schon verdient, wenn er so gearbeitet hat.«

»Wie kommst du denn jetzt auf den Fabbricotti?«

»Na ja, dein Freund hat es doch gesagt. Das war seine Baufirma. Die Famor. Das steht für ›Fabbricotti und Morellato‹. Da hat vor Jahren auch mal ein Freund von mir gearbeitet. Als Klempner. Ich erinnere mich noch, dass sie den in den Wahnsinn getrieben haben, und der war schon gut. Sicher, der Ärmste ...«

»Wer, dein Freund? Hat der ein Sechzehnerrohr falsch angeschraubt, und dann haben sie ihm einen Betonklotz an die Füße verpasst?«

»Aber nein, Massimo. Ich meinte den Fabbricotti. Erst die Krankheit, dann die Entdeckung, dass der Sohn ... das sind schon Nackenschläge, der arme Mann.«

»Vor allem sind das erst einmal Vermutungen, Tiziana. Es mag ja sein, Giacomo und Carpanesi ähneln einander, aber das heißt doch nichts. Es ist sehr wahrscheinlich, aber es ist nicht sicher, dass sie Vater und Sohn sind. Außerdem ist doch gar nicht gesagt, dass

Fabbricotti herausgefunden hat, dass Carpanesi Giacomos Vater ist.«

Ich bitte dich, sagte Massimos Bewusstsein zur Logik seines Besitzers.

»Wer Giacomos Vater ist, vielleicht nicht. Aber dass er nicht sein Sohn war, das wusste Fabbricotti. Das hat mir dein Freund gerade eben gesagt, als du durch das Haus geschlendert bist.«

»Ah. Und was soll Enrico dir gesagt haben?«

»Er hat mir die Geschichte vom Fabbricotti erzählt.«

Tiziana hob die Arme und nahm ihre Haare hoch, um sie zusammenzubinden (leider sah Massimo gerade auf die Straße), und fing an: »Anscheinend hat Fabbricotti vor zehn Jahren erfahren, dass er diese neurologische Krankheit hat, Morbus Huntington, wenn ich das richtig verstanden habe.«

»Corea Huntington. Verstehe. Eine schreckliche Krankheit.«

»Das kannst du laut sagen. Du verlierst die Kontrolle über deinen Körper, die Muskeln, die Augen ... Wie auch immer, was daran aber wirklich scheußlich ist, ist, dass sie erblich ist. Wenn du Kinder hast ...«

»Besteht fünfzig Prozent Wahrscheinlichkeit, dass deine Kinder es geerbt haben. Ich weiß. Das vererbt sich dominant.«

»Musterschüler. Und da du ja sowieso alles weißt, erklär mir doch, was dann passiert ist«, sagte Tiziana leicht gereizt.

»Ich weiß es nicht. Ich kann nur annehmen, dass Fabbricotti einen Gentest von sich hat machen lassen und von seinem Sohn ebenfalls. Und da kam heraus, dass Giacomo nicht sein leiblicher Sohn ist.«

»Ganz genau. Dein Freund hat mir erzählt, dass Fabbricotti erschüttert war. Wie es aussieht, hat diese Ärztin ihm am selben Tag gesagt, dass er diese Krankheit hat und dass Giacomo ein Kuckuckskind ist. Überleg mal! Da kann man sich doch nur einen Strick nehmen. Wie auch immer, Fabbricotti senior wusste Bescheid. Mich wundert's nicht, dass er getan hat, was wer getan hat.«

Wenn ich's recht bedenke, dachte Massimo, mich auch nicht.

An jenem Abend war nichts mehr richtig gelaufen.

Zu Hause angekommen, hatte Massimo sich auf dem Sofa niedergelassen, um seine wöchentliche Playstation-Session abzuhalten; aber sein ebenso spektakulär wie unwahrscheinlich aufgestelltes Turin (in dem Ronaldinho Seite an Seite mit Pulici aufgestellt war) war nicht über ein Unentschieden gegen das verhasste Chelsea hinausgekommen.

Danach hatte Massimo angefangen zu kochen.

Zutaten (für vier Personen): 350 g Pennette – 4 Birnen Sorte Decana del Comizio – 150 g geräucherter Schwert – 200 g Caprino – 1 Zitrone – schwarzer Pfeffer, Salz, Olivenöl extra vergine.

Oh, da haben wir's. Also, die Pennette hatte ich irgendwo, und da sind sie ja auch. Geräucherter Schwertfisch, da haben wir ihn. Wer weiß, warum die den nur »Schwert« nennen und nicht »Schwertfisch«. Haben die Angst, es könnte jemand das Rezept verstehen? Ich hoffe ja nur, dass ich nie »4 dünne Scheiben Kugel« in einem Rezept finde. Das müsste dann Kugelfisch sein, aber man kann ja nie wissen. Caprino, hab ich. Er ist abgepackt, aber immer mit der Ruhe. Zitrone, hab ich aus der Bar mitgebracht, schöne Zitronen, echte aus Erice, hm, wie die duften. Birnen Decana, da liegen sie. Bei allem, was ich auf mich nehmen musste, um die von dieser Dusseligen am Obststand auf dem Markt zu bekommen.

»Ich hätte gern Birnen Decana del Comizio.«

»Oh, was ist denn das?«

»Also, Birnen, glaube ich. Ansonsten hätte man sie ja Pflaumen oder Tannen genannt, je nachdem.«

»Wie sehen die aus? Ich weiß nicht, wie die aussehen sollen, ich hab so einen Namen noch nie gehört. Ich hab Coscia-Birnen, Spadona, Sangermane …«

»Nein, ich weiß nicht, wie die aussehen. Im Rezept steht ›Birnen Decana del Comizio‹.«

»Aha, für ein Rezept? Na, also dann gucken Sie doch mal, ob Sie sie hier irgendwo sehen … Also ich weiß ja nicht …«

Und ich weiß es halt auch nicht, du dusselige Kuh, das hab ich dir doch gerade gesagt, dachte Massimo.

»Also, so hören Sie doch, ich hab hier Coscia-Birnen, die sind ganz was Besonderes, die sind so gut, da könnte man sich reinlegen. Wie viele wollen Sie denn, vier oder fünf?« Und dann ging die Tussi los und fing an, mit sicherem Griff eine Papiertüte zu füllen. Massimo hatte sich umgesehen, aber Tiziana war schon in der Bäckerei verschwunden.

»Nein, warten Sie. Weil es doch ein Rezept ist, das ich noch nie gekocht habe, will ich sicher sein, dass es die richtigen Birnen sind. Wissen Sie, das ist ein bisschen seltsam, aber vielleicht ist es ja wichtig, genau diese Sorte zu nehmen.«

»Oh, aber die hier sind gut! Ich hab dir doch gesagt, dass das besondere sind.«

Aber du kommst mir nicht besonders normal vor, dachte Massimo. »Nein, Sie haben mich nicht verstanden …«

»Entschuldigung, darf ich mal?«, fragte mit leichtem Akzent aus der Pogegend eine mit Schmuck behängte Dame, die kurz nach Massimo gekommen war.

»Bitte.«

»Die Decana-Birnen sind die da drüben.«

»Ah, die hier?« Die Marktfrau blickte sie an, als könnten sie ihre Form ändern. »Na, die hab ich immer runde Birnen genannt.«

Und hast es immer falsch gemacht, dachte Massimo.

»Wie viele willst du davon, vier oder fünf?«

»Zwei, Signora, danke.«

»Nur zwei? Bedien dich. Und sonst noch?«

»Das ist alles. Was macht das?«

Reichlich Salzwasser aufsetzen und zum Kochen bringen. In der Zwischenzeit die Birnen schälen und in kleine Wür-

fel schneiden. Die Würfel anschließend mit Zitronensaft beträufeln, damit sie nicht braun werden.

Also, das Salz ins Wasser tun. Ob so eine kleine Handvoll richtig ist? Ja, wirst schon sehen, dass das passt. Erledigt. Und dann die Flamme darunter anzünden. Auch erledigt. Jetzt? Jetzt nehme ich eine Birne und schäle die. Wollen wir doch mal sehen, wie lang ich die Schale kriege, ohne dass sie abreißt. Hmm. Da, jetzt ist sie abgerissen. Warte, ich probier's noch mal. Wenn ich das Messer ganz still halte und die Birne rolle, müsste es einfacher sein. Ah, ja. Jetzt, genau. Ach, Herrgott noch mal. Na gut, ich glaube nicht, dass es für das Rezept von fundamentaler Bedeutung ist, dass die Birne künstlerisch wertvoll geschält wird. So, das wär's. Jetzt würfeln. Zitronensaft und gut. Ob ich die mit der Hand ausdrücke? Ja klar. Warte, es ist ein Kern reingefallen. Nein, zwei. Die nehmen wir lieber raus, sonst beiß ich mir noch einen Zahn aus. Ach, Mist, jetzt sind sie mir entwischt. Als wären sie geschmiert. Oh, da. Und jetzt?

Den Schwertfisch in Stifte schneiden, dann beiseite legen.

Das ist superleicht. Man lege das Fischlein aufs Schneidebrett, und los geht's. Warum bleibt das Messer hängen? Muss es das? Lass los. Ich hab gesagt, du sollst loslassen. Oooh. Jetzt guck dir doch nur mal an, wie das festhängt. Was mach ich jetzt, lass ich das so? Na gut. Wirst sehen, wenn man sie umrührt, gehen sie auseinander.

Den Caprino mit zwei Teelöffeln Öl und reichlich frischem Thymian verrühren.

Also, den Ziegenkäse in ein Schälchen geben. Ob das hier passt? Ja, perfekt. Zwei Teelöffel Öl, ich glaub, es geht los. Ich nehm's direkt aus der Flasche. Heiliger Strohsack, das ist jetzt aber viel. Und nun? Vielleicht, wenn ich das mit einer Ecke Küchenpapier aufsauge? So, da haben wir's. Nee, was für ein Idiot ich bin, jetzt ist beinahe alles aufgesaugt. Hat hier eigentlich irgendjemand vorher mal nachgedacht?

Die Nudeln kochen und al dente garen.

Das müsste jetzt aber wirklich sehr einfach sein. Man nimmt die Schachtel mit den Pennette, macht sie auf, und schon hüpfen sie ins Wasser. Kocht das Wasser? Ja, es kocht. Drei, zwei, eins und los. Jetzt stell ich noch den Timer ein … Oh, Scheiße. Und diese kleinen schwarzen Dinger da, was ist das? Insekten?

Ich glaub's ja nicht. Aber wo zum Henker waren die denn? In der Pasta? O ja. Guck nur, alles voll damit. Aber wie kann das denn sein? Ist die abgelaufen? Lass mal sehen. Zu verbrauchen bis: siehe oben. Wo oben, liebe Güte? Fandet ihr das blöd, es direkt hierhin zu schreiben? Da, da steht's. Dezember 2006. Heiliger Strohsack. Und jetzt? Jetzt suchst du ein anderes Paket Nudeln, du Idiot. Du wohnst hier seit acht Jahren, da wird sich doch ein unverdorbenes Paket Nudeln finden lassen.

Die Caprinocreme, die Birnen und den gestiftelten Fisch hinzugeben. Guten Appetit!

»Ristorante Boccaccio, guten Abend.«
»Hallo, Aldo. Ich bin's, Massimo.«
»Ciao, Massimo! Wie geht's? Alles gut?«
»Ja. Hast du heute Abend noch einen Tisch frei?«

Nach dem Abendessen im Boccaccio, im Verlaufe dessen er sich mit Tavolones Köstlichkeiten getröstet hatte, begleitet von zwei oder drei Gläsern weißem Ribolla von Gravner (Aldo servierte umwerfende offene Weine), war er nach Hause zurückgekehrt. Danach war er zu Bett gegangen, sicher, dass er, schwer vom Essen und gewiegt vom Wein, beinahe sofort in den Schlaf der Gerechten fallen würde.

Von wegen.

Nach zwei Stunden Freistilringen mit den Laken hatte er sich ergeben und war aufgestanden. Er hatte versucht, ein bisschen zu lesen, erfolglos. Schuld war dieses Wort, das Tiziana im Auto ausgesprochen hatte und ihm den ganzen Abend schon das Hirn traktierte. Als er versucht hatte, auf Pulicis virtuellen Kopf zu flanken, als er versucht hatte, zu kochen, als er versucht hatte, einzuschlafen, war dieses Wort ihm ständig im Kopf herumgegangen und wieder entglitten. Nachdem er sich der eigenen Unruhe ergeben hatte, hatte er sich an den Computer gesetzt, die Suchmaschine aufgerufen und zwei einfache Begriffe eingegeben. Und danach, nachdem er den Wikipedia-Artikel zu den beiden

Begriffen gelesen hatte, war ihm das Wort wieder eingefallen.

Die Begriffe waren »Corea Huntington«. Und das Wort war »Ärztin«.

»'onto.«

»Pronto, Tiziana?«

»Ja. Wer's da?«

»Ich bin's, Massimo.«

»Massimo.«

Schweigen.

»Massimo, es ist zwanzig nach zwei.«

»Die Uhr ist auch bei mir schon erfunden, danke. Hör mal, du musst mir einen Gefallen tun. Bist du wach?«

»Jetzt schon.«

»Also, dann hör gut zu. Arbeitet deine Tante immer noch beim Notar Aloisi?«

»Tante Gemma? Ja, ich glaub schon.«

»Gut. Morgen früh müsstest du sie um einen Gefallen bitten. Du müsstest sie fragen, ob sie mal einen Blick in Fabbricottis Akte und alle dazugehörigen Dokumente werfen kann. Da müsste irgendwo auch ein psychiatrisches Gutachten oder so etwas in der Art sein.«

»Ach ja? Und woher weißt du das?«

»Ich weiß es einfach. Glaub mir. Und du müsstest bitte den Namen der Ärztin nachschauen, die Fabbricotti betreut hat. Den Namen der Neurologin. Der müsste ja irgendwo bei den Untersuchungsprotokollen stehen. Wenn du den gefunden hast, rufst du mich an und sagst ihn mir. Zur Belohnung kannst du morgen zu Hause bleiben. Komm einfach, wann du willst.«

Schweigen.

»Hast du alles verstanden?«

»Wie konnte ich nur auf die Idee kommen, dich zu bitten, mit mir das Haus anzusehen. Aber egal, ich hab's verstanden. Ich ruf dich morgen an.«

Und legte auf.

Massimo kehrte ins Bett zurück und schlief ein wie ein kleines Kind.

Tiziana nicht.

Neun

»Der Hirte muss der Hirte der gesamten Herde sein. Aller Schafe. Er darf nicht nur der Hirte derjenigen Schafe sein, die ihm gefallen, oder der sanftesten Schafe. Er darf die widerspenstigen Herden nicht meiden oder die bösartigen. Und so muss auch ein Pfarrer, ein Mönch, ein Diener Gottes auf Erden handeln wie Christus und wie Christus ein Führer und Leuchtfeuer für alle sein, Männer, Frauen und Kinder, die ihm anvertraut sind und die ihm vertrauen.«

In der Kirche sitzen außergewöhnlich viele Leute. Außergewöhnlich, weil es die Gründonnerstagsmesse ist, die *Missa in Coena Domini*, die im Gegensatz zur Ostermesse nicht zu den meistbesuchten gehört. Das ist normalerweise die feierliche Karfreitagsmesse mit Prozession durch die Straßen des Städtchens hinter dem Holzchristus eines unbekannten Künstlers. An der Gründonnerstagsmesse mit dem anschließenden »Besuch der sieben Kirchen« nehmen normalerweise nur wenige teil, vielleicht, weil sie Angst haben, die Feierlichkeiten am Freitag nicht mehr durchzustehen, die wesentlich festlicher sind und wesentlich mehr Frömmigkeitspunkte einbringen.

»Wie Don Lici Allegri, mein lieber Freund, der gerne

einen Scherz machte, immer sagte, ist der Priester ein bisschen so etwas wie die männliche Ausgabe der Prostituierten. Er ist ganz einfach der Mann aller. Männer und Frauen, Weiße und Schwarze, Dicke und Dünne, anständige Leute und Gauner. Wer auch immer anklopft, dem wird geöffnet werden. Wer auch immer um Hilfe bittet, dem wird sie gewährt werden. Es wird niemand vorgezogen, niemand wird ausgeschlossen. Ich muss ein Mann aller sein.«

Darüber hinaus ist zu bedenken, dass wir uns in Pineta befinden. Ein Städtchen, in dem der prozentuale Anteil der Gläubigen, aufrichtige oder nur scheinbare, nie besonders hoch gewesen ist. Kurz und gut, um der Wahrheit Genüge zu tun: Hätte sich nicht das Gerücht herumgesprochen, dass Pater Adriano heute erklären würde, warum er aufs Kommissariat gegangen war, wäre wohl nur ein Zehntel der Menschen in der Kirche gewesen.

»Aber wenn eine Prostituierte herumliefe und das weitererzählen würde, was ihre Kunden ihr erzählt haben oder was sie gerne tun, dann würde sich bald niemand mehr an sie wenden. Sie könnte ihre Dienstleistung nicht mehr anbieten, so sündig diese auch sein mag. Niemand würde ihr mehr vertrauen. Und wenn ein Geistlicher das Beichtgeheimnis verriete, wäre es genau das Gleiche.«

Da nun aber seit zwei Tagen dieses Gerücht kursierte, saßen Leute in der Kirche, die da seit Jahrzehnten nicht mehr gesehen worden waren: junge Arbeiter von der Straßenreinigung kurz vor Beginn der Nachtschicht,

Paare mittleren Alters, die donnerstags um diese Uhrzeit normalerweise im Kino waren, alte Witwen, die sich dermaßen selten schminkten, dass sie jetzt aussahen, als seien sie von Picasso angemalt worden.

Und dazu Massimo, klar.

»Diese Kutte, die ich hier trage, macht mich nicht unfehlbar oder unempfänglich für die Versuchung. Dieses Kleidungsstück dient nur dazu, mich und euch alle daran zu erinnern, dass ich versprochen habe, auf die Annehmlichkeiten und Reichtümer des irdischen Lebens zu verzichten, um in vollkommener Freude Christus zu dienen. Und ich kann, wie alle anderen auch, Fehler machen.«

Massimo sitzt in einer Bank ganz hinten, unbehaglich, an einem Ort, den er so gut wie nie betreten hat, und durch ein paar Reihen getrennt von dem Triptychon der alten Geier, die normalerweise seine arme Bar heimsuchen. Aldo ist nicht dabei, er ist in seinem Restaurant geblieben, um zu arbeiten, im Übrigen hat er auch keinen Fuß mehr in eine Kirche gesetzt, seit er sich '45 während eines Bombenangriffs in der Krypta von San Piero versteckt hatte. Tiziana ist ebenfalls nicht dabei, weil sie Massimos Einladung wörtlich genommen und sich weder hier noch in der Bar hat sehen lassen. Weshalb die Bar heute Abend verwaist ist, doppelt abgeschlossen, mit einem Schild an der Tür: »Geschlossen aufgrund unvorhersehbarer Konversion des Inhabers. Für die wenigen Sünder, die das Karfreitagsfasten brechen wollen, wird die BarLume morgen geöffnet sein. Amen.«

»Der Fehler, den ich begangen habe, bestand darin, dass ich den Vertretern des irdischen Gesetzes etwas entdeckt habe, das mir unter dem heiligen Siegel der Beichte anvertraut wurde, als ich nichts war als ein Bindeglied zwischen dem, der mit mir sprach, und unserem Herrn. Ich werde euch, liebe Brüder, nicht sagen, was ich gesagt habe oder wen ich verraten habe. Und ich würde lügen, wenn ich euch sagen würde, dass ich das, was ich getan habe, nur aus Liebe zur Gerechtigkeit getan habe. Die Gründe, aus denen ich gefehlt habe, meine teuren Freunde, sind allein meine. Sie betreffen mich, meine Familie. Und daher können sie mich nicht rechtfertigen. Was ich hingegen sagen will, ist, dass ich mir der Folgen meines Handelns bewusst bin, dass ich mir bewusst bin, dass ich mich unwürdig erwiesen habe, euer Diener zu sein und euch dabei zu helfen, Zuflucht und Trost in Christus zu finden.«

Alle Anwesenden, Ampelio eingeschlossen, verharren reglos und hypnotisiert vor dem Pater, der, wie sonst auch, mit jener ruhigen und sanftmütigen Stimme spricht, die wie zum Scherz aus diesem kraftvollen Körper mit dem Gladiatorengesicht kommt, das der Bart, der heute nicht das übliche Lächeln umrahmt, nur teilweise verbergen kann.

»Daher habe ich mich entschlossen, meine teuren Brüder, an diesem Tag, an dem wir uns von Christus erzählen, der von einem seiner eigenen Jünger verraten werden wird, vor euch zu treten, euch meinen Verrat zu gestehen und meine Unwürdigkeit zu offenbaren sowie der Versuchung, mich von euch nicht zu verabschieden, zu widerstehen. In einigen Tagen werde ich in ein fernes Land im Herzen von Afrika aufbrechen, um zu versuchen, erneut Gnade vor den Augen des Herrn zu finden. Doch zuvor, geliebte Brüder, wollte ich euch ein letztes Mal grüßen und euch und unseren Herrn um Vergebung bitten dafür, dass ich mich eures Vertrauens nicht würdig erwiesen habe.«

Nach diesen Worten verließ der Pater die Kanzel und kehrte hinter den Altar zurück.

Die Menschen blieben nur still, weil sie sich in einer Kirche befanden. Und auch wenn der Pater nichts verraten hatte, hatte der Verweis auf die Familie die öffentliche Meinung nur bestärkt.

Es bestand nunmehr kein Zweifel daran, was der Pater gestanden hatte.

Giacomo war Carpanesis Sohn.

»Pronto?«

»Pronto, Massimo, Tiziana hier.«

»Ah, salve. Was gibt's?«

»Hör mal, ich war heute bei der Tante in der Kanzlei des Notars. Ich bin ...«

Der Ton einer Klingel war zu hören.

»Warte mal kurz, es klingelt an der Tür. Bin gleich wieder da.«

Es folgte eine halbe Minute Stille. Tiziana wartete.

Man hörte Massimo in der Entfernung mit jemandem sprechen.

Tiziana wollte schon entnervt schnaufen, als Massimos Stimme sagte: »Es nützt nichts, wenn ihr da reglos wartet. Dies ist ein Anrufbeantworter. Hinterlasst nach dem Piepton eine Nachricht.«

Tiziana ließ nach dem Piepton ein paar Sekunden verstreichen, dann entschied sie sich und sagte laut: »Was ist eigentlich aus den guten Brötchengebern von früher geworden, die einem schlimmstenfalls beim Abräumen mal an den Hintern gefasst haben? Hör zu, es ist mir gelungen, einen Blick in die Akte mit dem Testament vom Fabbricotti zu werfen. Ich habe das Gutachten gefunden, von dem du gesprochen hast, das bescheinigt, dass der Fabbricotti klar im Kopf war, als er das Testament diktiert hat. Es ist von Doktor Aldoni unterschrieben, und die Ärztin, bei dem der Fabbricotti in Behandlung war, war Dottoressa Angelica Carrus. Ich hab auch noch ein paar andere ziemlich interessante Dinge gefunden ...«

Ein weiterer Piepton war zu hören, und dann Massimos Stimme, die sagte: »Danke, dass ihr eine Nachricht hinterlassen habt. Wenn ich es für sinnvoll halte, rufe ich euch zurück. Schönen Tag noch.«

»... und morgen erzähl ich's deinem Großvater. Ich werd dich lehren, solche bescheuerten Sprüche auf dem Anrufbeantworter zu bringen.«

Am Morgen des folgenden Tages kam Massimo gut erholt zur Bar. Wie vereinbart, musste freitags Tiziana aufmachen, und das hatte ihm erlaubt, sich ein bisschen von der schlaflosen Nacht des Vortages und dem darauffolgenden strapaziösen Tag in der Bar zu erholen; strapaziös, weil Tiziana ja in ihrer Mission als Geheimagentin unterwegs gewesen war. Darüber hinaus stimmte es ihn außerordentlich zufrieden, die eigenen Schlussfolgerungen durch Tatsachen bestätigt zu sehen, weshalb er an jenem Morgen bestens gelaunt in der Bar eintraf.

Als er ankam, fiel ihm sofort auf, dass die Alten weder drinnen noch draußen saßen. Während er eintrat, begrüßte er Tiziana mit unverhohlener Freude.

»Salve, Tiziana. Wo ist denn die Versammlung der Betagten?«

»Sind nicht da.«

Seltsam. Na ja, wird gestern Abend spät geworden sein. Wenn *er* schon anfing, sich über schlaflose Nächte zu beklagen, konnte er es den Achtzigjährigen ja wohl kaum verübeln, wenn sie nach so einer schönen Messe, ganz wie in den guten alten Zeiten, das Gleiche erlitten.

»Also, dann funktioniert das Hirn von Opa Massimo doch immer noch ganz gut, nicht wahr?«

»Vergiss es. Nach der Geschichte von gestern schuldest du mir einen Gefallen.«

»In Ordnung. Was immer du willst.«

»Sicher? Versprochen?«

»Sicher. Außer du willst, dass ich mit dir zu Ikea fahre.«

Tiziana lachte.

»Nein, keine Sorge, zu Ikea fahre ich lieber allein.«

»Also, na dann. Ich verspreche es feierlich.«

Massimo ging hinter den Tresen, um sich einen Espresso zu machen, und während er die Maschine bediente, fragte Tiziana ihn: »Also, erklärst du mir jetzt diese Geschichte mit dem Gutachten?«

»Das ist ganz einfach.«

Massimo nahm die kleine Tasse und stellte sie ehrfürchtig auf das Untertässchen.

»Als du neulich die Geschichte vom Fabbricotti erzählt hast, hast du gesagt, ›die Ärztin hatte ihm am selben Tag gesagt, dass er krank ist und dass Giacomo nicht sein Sohn ist‹. Du erinnerst dich?«

»Sicher.«

»Also, angesichts der Natur dieser Krankheit musste die Ärztin, die den Fabbricotti behandelte, eine Neurologin sein. Richtig?«

»Richtig.«

»Jetzt versuchen wir doch mal so nachzudenken, wie ein richtiger Detektiv nachdenken würde. Und versuchen wir einzugestehen, dass es keine Zufälle gibt. Von Anfang an taucht in dieser Geschichte immer wieder der Name einer Ärztin auf. Einer Neurologin, nur für's Protokoll. Und die ist, welch Zufall, mit Carpanesi verheiratet.«

»Angelica Carrus.«

»Genau. Jetzt formuliere ich eine Annahme. Wir wissen, dass Angelica Carrus den Fabbricotti untersucht hat und ihm die beiden Nachrichten mitgeteilt hat. Wagen wir uns mal ein bisschen weiter vor. Versuchen wir zu sagen, dass Angelica, die weiß, dass Giacomo nicht Fabbricottis Sohn ist, bemerkt, dass er jemand anderem ähnlich sieht. Ist das unmöglich? Würde ich nicht sagen, wenn man bedenkt, dass wir es schon anhand eines Fotos gemerkt haben. Immerhin ist sie mit jenem anderen verheiratet. An dem Punkt muss das, was für uns eine Schlussfolgerung ist, für sie zur Gewissheit werden.«

Massimo stürzte den Espresso in zwei entschiedenen Schlucken hinunter.

»Hab verstanden, Massimo. Aber du musst mir erklären, wie du darauf gekommen bist, dass unter den Dokumenten auch dieses Gutachten sein musste.«

»Weil es logisch war. Fabbricotti macht eine Schenkung zugunsten seines Sohnes, mit dem offensichtlichen Ziel, seine Frau so weit wie möglich von der Erbschaft auszuschließen. Richtig?«

»Richtig.«

»Also, eine solche Schenkung kann sehr leicht angefochten werden. Wenn sie habgierig gewesen wäre, hätte sie beschließen können, sich am Anteil des Sohnes gütlich zu tun, um mehr zu bekommen als das, was einer Ehefrau als Pflichtteil zusteht.«

»Und das heißt?«

»Die Krankheit, an der Fabbricotti litt, beschränkt sich nicht darauf, die körperliche Beweglichkeit zu zerstören. Mit der Zeit wäre er dement geworden. Das wusste Fabbricotti. Und wenn die Ehefrau oder irgendein anderer Verwandter Einwände gegen das Testament hätte vorbringen wollen, hätte er theoretisch auf Fabbricottis Krankheit setzen können, um die Vermutung zu äußern, dass jener nicht zurechnungsfähig war, als das Testament aufgesetzt wurde. Fabbricotti wollte sich so gut wie möglich gegen diese Möglichkeit absichern.«

»Hm. Ich verstehe. Passt tatsächlich zusammen. Auch mit dieser anderen Sache.«

»Welcher anderen Sache?«

»Die ich dir gestern am Telefon erzählt habe. Ich habe den Satz angefangen, aber das Band war nach der Hälfte schon zu Ende.«

»Ah. Ist mir gar nicht aufgefallen.«

Nein, es ist dir gar nicht aufgefallen. Als du die Worte »Angelica Carrus« gehört hast, bist du nämlich schon aufgesprungen und hast einen Tanz aufgeführt wie ein Indianer, der um Regen bittet.

»Die andere interessante Sache war eine Erklärung, in der darauf verzichtet wurde, Einwände gegen die Schenkung zu erheben, unterzeichnet von Marina Corucci.«

»Ah.«

Tiziana lächelte breit.

»Was bedeutet, wie du sagst, dass Marina Corucci im Grunde so reich gar nicht war. Was meinst du?«

»Ja, gut. Nein, ich würde sagen, nein. Guten Tag, Aldo.«

Aldo schloss die Tür und ging zu seinem Platz, um sich zu setzen.

»*Salve a tutti, belle e brutti*. Tiziana, einen Cappuccino, bitte.«

»Sofort. Also, Massimo, was denkst du über diese ganze Geschichte?«

Massimo atmete durch. Er hätte sich gern eine Zigarette angezündet, aber wenn Aldo in der Bar war, kam das nicht infrage. Sie machten sowieso schon zu viele Ausnahmen.

»Ich glaube, dass Carpanesi nicht der Einzige war, der sich den Tod von Marina Corucci hätte wünschen können. Ich glaube, wenn Carpanesis Ehefrau auf der benachbarten Station ihres Krankenhauses ihre Rivalin im Bett liegen gehabt hätte, die, nachdem sie ihren Mann ordentlich durchgebumst hat, ihn auch noch erpresste, dass sie nicht lange gefackelt hätte, um sie zu erledigen. Es gibt ein Motiv, und es gibt eine Gelegenheit. Was es nicht gibt, sind die Beweise.«

»Na gut, darum wird sich die Polizei kümmern«, sagte Aldo, während er an seinem Cappuccino schlürfte. »Auf jeden Fall haben wir uns das ganz genauso gedacht wie du.«

»Wer ihr?«

»Wir. Ich, Pilade, Ampelio und Rimediotti. Als Tiziana uns heute Morgen erklärt hat, was du sie hast suchen lassen, da haben wir ein bisschen darüber geredet, aber wir wussten doch sofort, was da passiert sein muss. War ja eh klar.«

Massimo schaute sich um. Er war erbleicht.

»Aldo?«

»Ich bin hier.«

»Sag mir noch mal ganz langsam: Wo sind mein Großvater und die anderen in diesem Augenblick?«

»Wo sollen sie denn sein? Sie sind auf dem Kommissariat, oder? Sie sind hingegangen, um Fusco zu erklären, was passiert sein muss. Ich musste noch den Einkauf fürs Restaurant erledigen, deshalb konnte ich nicht mitkommen, aber du wirst sehen, sie sind bald wieder zurück.«

Massimo ging um den Tresen herum. Während er dahinter vorkam, griff er zu der Flasche Demerara und schenkte sich eine großzügige Menge davon in ein Glas. Beinahe gleichzeitig läutete das Telefon. Tiziana ging hin, um abzuheben, da Massimo auf der anderen Seite des Tresens war.

»BarLume, guten Tag. Was wollen Sie? Ja, Augenblick bitte.«

Tiziana deckte den Hörer mit der Hand zu.

»Massimo, für dich. Das Kommissariat.«

Massimo stellte die Flasche ab und nahm das Glas. Er schnupperte resigniert daran.

»Sag ihm, ich bin gleich da.«

»Und jetzt sagen Sie mir: Was soll ich tun?«

Massimo antwortete nicht. Vor ihm auf dem Chefsessel mit Rollen, die Hände gefaltet und die Daumen übereinander verschränkt, hatte Fusco gerade die Aufzählung der Vergehen beendet, derer er theoretisch ihn und die gesamte Truppe aus der Bar beschuldigen könnte, und die von Verbreitung von Amtsgeheimnissen (Tiziana) bis hin zu Missbrauch einer Führungsposition (Massimo) reichten und in Behinderung der Ermittlungen (die restlichen vier Wüstlinge) gipfelten. Auch wenn Massimo es für gewöhnlich liebte, jede Art von Frage zu beantworten, war ihm nur allzu sehr bewusst, dass diese Frage des Dottor Commissario eine rein rhetorische war, und folglich verharrte er in Schweigen; auch weil er zu sehr damit beschäftigt war, einen Punkt zu suchen, auf den er schauen konnte, der nicht Fuscos Gesicht war, was ihm im Augenblick ziemlich peinlich war.

»Signor Viviani, ich verstehe ja, dass Sie sich langweilen. Ich weiß auch, dass Sie in den letzten Jahren sehr hilfreich waren. Aber man darf zu strafrechtlichen Vergehen nicht auf eigene Faust private Ermittlungen anstellen. Ist Ihnen eigentlich klar, was passieren würde, wenn alle sich so verhalten würden wie Sie?«

Auch dieses Mal antwortete Massimo nicht, anscheinend tief in das Studium des Reißverschlusses seiner Hose versunken.

»Diesbezüglich möchte ich einen zentralen Punkt klarstellen.« Fusco hatte kaum merklich den Ton verändert.

Massimo hob den Kopf und nickte.

»Nur zu.«

Fusco holte tief Luft, löste die Daumen und fing an, die angespannten Hände zu öffnen und zu schließen, wobei er sie an den Daumenballen zusammenhielt.

»Ich lebe nun schon seit Jahren in der Toskana. Und eins habe ich über die Leute hier gelernt. Wenn man nicht jederzeit einen flotten Spruch auf den Lippen hat und nicht blitzschnell reagiert und keine spitze Zunge hat, dann haltet ihr Toskaner einen für einen Idioten. Stimmt das oder nicht?«

»Na ja, um ehrlich zu sein, ja. Die Mehrheit benimmt sich so, wie Sie sagen.«

»Eben. Ich habe nicht jederzeit einen flotten Spruch auf den Lippen, Signor Viviani. Ich bin einfach nur jemand, der versucht, einen Fehler niemals zweimal zu machen. Manchmal gelingt mir das, manchmal nicht. Ich bin nicht so ein Dummkopf, wie ihr glaubt. Ich mag es nicht, wenn man mich übergeht, ich mag es nicht, wenn man sich in meine Amtsführung einmischt. Habe ich mich klar ausgedrückt?«

Mehr ja als nein, würde ich sagen. Massimo nickte.

»Gut. Derzeit laufen die Ermittlungen. Von jetzt an bis zum Abschluss der Ermittlungen wird keinerlei Einmischung toleriert werden. Guten Tag, Signor Viviani. Und«, schloss Fusco boshaft, »grüßen Sie mir Ihren Großvater.«

Zehn

»Bis dass der Tod euch scheidet. Bericht von Marinella del Frè. Pisa. Immer enger schließt sich der Kreis um die Beschuldigten des Verbrechens, das allgemein als ›der Fall Santa Chiara‹ bekannt ist, also dem Mord an Marina Corucci, der exakt vor einer Woche auf der Intensivstation unseres Krankenhauses in Pisa begangen wurde. Jenes Delikt gilt bei den Ermittlern inzwischen als Beziehungstat. Der Kreis der möglichen Verantwortlichen scheint sich nun auf zwei Personen verengt zu haben: Stefano Carpanesi, namhafter Politiker und Kandidat der Mitte-Linken bei der außerordentlichen Wahl, und seine Frau, Angelica Carrus, Chefärztin für Neurologie am selben Hospital, in dem das Verbrechen begangen wurde. Marina Corucci wurde durch eine Injektion von Luft ermordet, die zu einer tödlichen Embolie führte, als sie, in kritischem Zustand, nach einem schrecklichen Verkehrsunfall im Krankenhaus lag.«

Hinter dem »Corriere«, so vorsichtig aufgeschlagen, dass er aussah wie frisch gestärkt, hörte man Rimediottis laute und unbeteiligte Stimme, die die übrige Bar über die jüngsten Entwicklungen im Fall Corucci informierte. Die übrige Bar mit Ausnahme der zwei Japanerinnen, wahrscheinlich Mutter und Tochter, die an einem Tischchen ganz hinten saßen und ihren Cappuccino genossen, während sie vor Freude juchzend aus Einkaufstüten all das herauszogen, was sie im Laufe des Vormittags gekauft hatten.

»›Wie bereits bekannt, hat sich für Carpanesi, der sich schon im Visier der Ermittler befand, weil er vermutlich Opfer eines Erpressungsversuchs durch Corucci war, die Lage noch weiter verschlechtert, nachdem entdeckt worden war, dass Giacomo Fabbricotti, Marina Coruccis Sohn, der bei demselben Verkehrsunfall verstorben ist, welcher das Prodrom für das Verbrechen bildete, in Wirklichkeit Carpanesis leiblicher Sohn war.‹ Und was soll das heißen, ›Prodrom‹?«

»Ach, das ist ein eher altmodisches Synonym für ›Präludium‹. Es wird hauptsächlich in geistlichen Zusammenhängen verwendet. Präludium oder Vorgeplänkel. Oder auch Symptom. Etwas, das etwas anderem vorausgeht …«

»Aldo, wir sind auch alle zur Schule gegangen. Hältst du noch mal kurz den Mund und lässt mich weiter zuhören?«

»Die Vaterschaft wurde durch einen DNA-Test bestätigt, der den Behörden anscheinend vom Bruder des Opfers nahegelegt wurde, Pater Adriano Corucci, einem Minoriten aus dem Konvent Santa Luce. Allerdings deutet alles darauf hin, dass der Ursprung der Vaterschaft nicht einmal Carpanesis Ehefrau, Dottoressa Carrus, unbekannt war, die aus beruflichen Gründen bereits Gentests des unglücklichen Jungen durchgeführt hatte. Was Letzteren betrifft, so lassen die jüngsten wissenschaftlichen Tests keinen Raum für Zweifel: Der Unfall, bei dem der junge Mann das Leben verloren hat, war nicht vorsätzlich herbeigeführt worden, sondern einfach der überhöhten Geschwindigkeit des Fahrzeugs geschuldet, das von seiner Mutter gelenkt wurde.«

»Aber kein Wort davon, wer das alles ans Licht gebracht hat mit der Vaterschaft«, bemerkte Pilade.

»Wirklich«, antwortete Aldo. »Fusco ist zuzutrauen, dass er die ganzen Lorbeeren für sich beansprucht. Am Ende kriegt er noch einen Orden dafür.«

»Pfff, einen Orden«, prustete Ampelio. »Ich würde dem wohl auch was um den Hals hängen, dem Zwerg. Zwei Hände, zum Beispiel. Schön fest zugedrückt.«

»›Im Licht der jüngsten Beweise haben die beiden Hauptverdächtigen begonnen, sich gegenseitig in der Öffentlichkeit zu beschuldigen, jeweils die besten Motive gehabt zu haben, um das Opfer aus dem Weg zu räumen. Carpanesi wird darüber hinaus nicht müde zu betonen, dass seine Frau die Möglichkeit gehabt habe, das Verbrechen zu begehen.‹ Also, das muss man sich mal vorstellen.«

»Mamma mia, was für ein Kerl. So dreist muss man erst mal sein.«

»Na ja, kommt darauf an. Wenn's nach mir geht, hat er ja nicht ganz unrecht. Wenn sie ihn wegen Mordes anklagen, und er hat Grund zur Annahme, dass seine Frau es war, dann verstehe ich nicht, warum er den Mund halten sollte.«

In der Bar hatten sich inzwischen drei Parteien gebildet. Bei Partei A (»Freiheit für Carpanesi«) hatten sich Aldo und Pilade eingeschrieben, die von der Schuld der Dottoressa Carrus überzeugt waren. Zur Partei B (»Carpanesi ins Kittchen und den Schlüssel in den Vulkan«) gehörten Rimediotti, Ampelio und Tiziana, allerdings aus unterschiedlichen Gründen. Was Partei C betraf (»Carpanesi interessiert mich einen Dreck«), so zählte sie allein Massimo zu ihren Unterstützern, und nicht einmal der war allzu überzeugt.

Aber sieh mal einer an. Jetzt gehen sie schon so gut wie gar nicht mehr ins Billardzimmer. Sie kommen herein, schlagen die Zeitung auf und fangen an, über das Verbrechen zu diskutieren. Hier natürlich. Und wenn jemand reinkommt, fängt er sich gleich einen Vortrag zum Thema ein. Inzwischen kommt schon gar niemand mehr morgens, abgesehen von den Japanern, die sowieso kein Wort verstehen. Wie heiter die immer sind, die Japaner. Das muss was mit der Kultur um die verstorbenen Vorfahren zu tun haben. Ich weiß jetzt, wie das funktioniert: Sie beten nicht direkt zu den Ahnen, sondern danken dem Himmel dafür, dass er sie ihnen vom Hals geschafft hat. Das ist der Grund, warum sie so friedlich sind.

»Carpanesi zufolge wäre es für seine Frau in der Tat ein Leichtes gewesen, Corucci aus dem Weg zu räumen, da sie zum Todeszeitpunkt des Opfers unter anderem gerade Dienst in ihrer eigenen Abteilung hatte. Nichts leichter, theoretisch, als für einen Augenblick die Station zu verlassen und unbemerkt in das Zimmer des Opfers einzudringen. Darüber hinaus hat sich Carpanesi, wie gestern bereits berichtet, nur zu einem kurzen Besuch ans Krankenbett des Opfers begeben, was nach Ansicht seiner Anwälte nicht mit der Dynamik des Mordes zu vereinbaren ist, da dessen Vorbereitung und Durchführung für einen medizinisch unerfahrenen Laien einen nicht unerheblichen Zeitaufwand bedeutet hätte.«

Und das war die Argumentation, auf die sich das Programm von Partei A stützte, die jedoch von Partei B mit dem Argument niedergeschlagen wurde, dass die Ärzte einer Abteilung sich untereinander sehr gut kennen und folglich ein Arzt, der sich in einer Abteilung befindet, in der er nicht arbeitet, bemerkt würde. Keine Frage.

»Andererseits hat Dottoressa Carrus zu ihrer Verteidigung Beweise dafür vorgelegt, dass das Opfer sich bereits am Morgen des Tages, an dem der Tod eingetreten ist, in einem sehr kritischen Zustand befand und in einem irreversiblen Koma lag, aus dem es aufgrund der schweren Hirnschädigungen infolge des Unfalls nur mit vernachlässigbarer Wahrscheinlichkeit wieder erwacht wäre. ›Es stimmmt schon, dass wir Ärzte einige Patienten töten‹, kommentierte Carrus lächelnd, ›aber wir tun das niemals mit Absicht. Außerdem lehrt uns die Geschichte, dass man einen toten Mann nicht ermordet. Und schon gar keine Frau, die in diesem Land noch viel weniger zählt.‹«

Und Letzteres war die These von Partei B, die von Partei A mit dem Argument zurückgewiesen wurde, dass die Carrus ja nur zu leicht die medizinischen Berichte hätte fälschen können, die den klinischen Zustand der Patientin protokollierten.

Für alle jene Krankhaften, die immer noch nicht genug von dieser ganzen Geschichte kriegen konnten, gab es auf der folgenden Seite noch einen Informationskasten, in dem aus medizinischer Sicht erklärt wurde, was PVS ist (Persistierender Vegetativer Status) und wie man ihn diagnostiziert. Zum Glück las Rimediotti diesen Kasten für sich allein, im Stillen.

»Also gut«, sagte Ampelio, als die Lesung des Artikels beendet war, »jetzt ist nur noch die Frage, welcher von den beiden als Erstes nachgibt.«

»Wie meinst du das?«, fragte Aldo.

»Ich meine, dass keiner von den beiden so ein harter Bursche wie in amerikanischen Filmen ist. Beide sind von klein auf in Watte gepackt worden. Die haben keine Ahnung davon, was es heißt zu leiden. Ich würde sie beide ins Kittchen stecken und gucken, was passiert. Früher oder später bricht einer zusammen, wirst sehen.«

»Hör zu, Ampelio«, mischte Aldo sich ein, »auf zwei Dinge würde ich dich gern aufmerksam machen. Erstens sind wir hier nicht in Guantánamo, sondern in Pineta. Du kannst niemanden einfach so ins Gefängnis stecken und mal zwei Jahre drin lassen, nur weil's dir so gefällt. Zweitens bin ich zwar mit dir einer Meinung, dass der Carpanesi wohlbehütet aufgewachsen ist, aber von seiner Frau würde ich das nun wirklich nicht sagen.«

Aldo stand auf und begann im Raum auf und ab zu gehen.

»Die Carrus stammt aus einem Dorf in Sardinien, das ungefähr so groß ist wie diese Bar. Da hat man zwei Möglichkeiten: Als Mann wird man Schäfer. Als Frau wirst du die Frau vom Schäfer. Und jetzt ist sie Chefärztin der Neurologie. Das ist keine Frau, das ist eine Dampfwalze im Rock. Ich weiß nicht, was sie angestellt hat, um so weit zu kommen, aber du kannst dir sicher sein, dass sie, um da zu bleiben, wo sie ist, fähig wäre, dich und deine Familie auszulöschen und am selben Nachmittag noch zur Kindervorstellung zu gehen.«

Aldos Beschreibung gab die Art und Weise, wie man die Carrus hier an der Küste im Allgemeinen sah, ziemlich gut wieder. Warum auch immer.

Massimo hatte das Gefühl, wenn die Carrus ein Mann gewesen wäre, hätten sie alle einfach für einen Erfolgsmenschen gehalten, einer, der aus eigener Kraft etwas geworden war. Da sie nun aber eine Frau war, sahen alle in ihr mehr oder weniger einen Emporkömmling: gut und intelligent, aber mit der Moral einer verwaisten Hyäne.

»Auf jeden Fall kommt man an den beiden nicht mehr vorbei«, fuhr Aldo fort. »Entweder war sie es, oder er war es. Ich für meinen Teil neige zu ihm. Das ist eine Frage der Wahrscheinlichkeit.«

Massimo, der gerade die Japaner an der Kasse bediente, lachte höhnisch auf.

»Ha, das fehlte uns gerade noch.«

»Warum, was hab ich denn Falsches gesagt?«

»Ihr habt doch nicht den blassesten Schimmer davon, was Wahrscheinlichkeit ist«, sagte Massimo lächelnd. »Einen Augenblick. Five with seventy. Thanks. Please, could you repeat?«

In passablem Englisch sagte die junge Japanerin, dass sie die Hibiskusblüten in der Bar ganz wunderbar fände, und fragte, ob sie ein Foto davon machen dürfe.

»Of course. I would be honoured of that. Please, take all the pictures you want.«

Lächelnd zückte die Japanerin die Kamera und zielte auf die blühende Pflanze, die hinter Ampelios Rücken auf der Fensterbank stand. Nachdem sie zwei Fotos gemacht hatte, bedankte sie sich bei der gesamten Bar mit einer Reihe von Verbeugungen und ging mit ihrer vermutlichen Mamma hinaus.

»Oh, was hat die denn da gemacht? Was hat sie fotografiert?«

»Sie hat dich fotografiert, Großvater«, antwortete Massimo. »Mir hat sie gesagt, sie sei Archäologin, und eine so gut konservierte Mumie sei äußerst selten zu finden.«

Ich bitte dich, ich bitte dich, antwortete Ampelio zwischen den Zähnen.

»Hör mal lieber zu, statt hier den Besserwisser raushängen zu lassen«, sagte Aldo, der sich wieder hingesetzt hatte. »Ich sage Folgendes: Die Carrus arbeitet im Krankenhaus. Sie hat mit Sicherheit mehr Gelegenheit gehabt, von ihrer Abteilung auf die Intensivstation zu gehen, die übrigens direkt neben ihrer liegt, als Carpanesi, oder? Ergo ist es am wahrscheinlichsten, dass sie ihn ermordet hat. Was sagst du jetzt?«

»Ich kann mich nur wiederholen. Mathematisch gesprochen würde ich dir sagen, dass du fehlerhaften Gebrauch vom Konzept der konditionalen Wahrscheinlichkeit machst. Aber da wir hier in einer Bar sind, wiederhole ich: Du hast nicht den blassesten Schimmer von Wahrscheinlichkeit. Und um dich zu überzeugen, schlage ich dir eine Wette vor.«

»Lass mal hören.«

»Wie viele Plätze hat dein Restaurant?«

»Zweiundvierzig.«

»Sehr gut. Um diese Jahreszeit ist es immer voll, oder?«

Aldo zog eine Augenbraue hoch, als wollte er sagen: »Was glaubst du denn?«

»Also, wetten wir. Ich wette hundert Euro, dass heute Abend in deinem Restaurant mindestens zwei Gäste sind, die am selben Tag geboren wurden. Was hältst du davon?«

»Einen Augenblick mal, damit ich das auch richtig verstehe. Du willst mir sagen, dass unter zweiundvierzig Personen, verteilt auf dreihundertfünfundsechzig Tage, deiner Meinung nach mindestens zwei am selben Tag Geburtstag haben? Das ist die Wette?«

»Genau. Was meinst du?«

»Und wie soll ich das überprüfen?«

»Du erklärst jedem Gast die Wette und fragst sie nach ihrem Geburtsdatum. Nur den Tag und den Monat, nicht das Jahr. Mir fällt kein Grund ein, warum sie es dir nicht sagen sollten. Was sagst du dazu?«

»Dass du nicht ganz dicht bist. Die Wette gilt. Hundert Euro. Und jetzt erklär mir das mit der konditionalen Wahrscheinlichkeit.«

Massimo betrachtete einen Moment lang das Auditorium. Gar nicht so einfach. Aber natürlich unvermeidlich, denn nach dieser Provokation erwarteten die Alten eine Erklärung, das war klar. Sogar Rimediotti hatte den Kopf hinter dem »Corriere« erhoben. Massimo holte tief Luft, dann begann er: »Aldo, hast du jemals *Anna Karenina* gelesen?«

»Sicher.«

»Du erinnerst dich doch wohl an den Anfang?«

»Wie sollte ich nicht. ›Alle glücklichen Ehen ähneln einander. Aber jede unglückliche Ehe ist auf ihre eigene Weise unglücklich‹.« Aldo nickte lobend. »Das ist einer der schönsten Sätze, die je geschrieben wurden.«

»Ganz deiner Meinung. Und weißt du, warum er so schön ist? Weil er von universaler Gültigkeit ist. Auf seine Weise ist er eine Art Theorem.«

Massimo ging zu dem Behälter für den Eistee und schenkte sich etwas zu trinken ein.

»Was bedeutet dieser Satz? Kurz gesagt, er bedeutet, dass, damit eine Ehe funktioniert, die beiden Ehepartner in vielen Dingen einer Meinung sein müssen. Die Erziehung der Kinder, die Auffassung von Sexualität, die Bedeutung des Geldes, der Ort, an dem man lebt. Wenn über eines dieser Themen absolute Uneinigkeit herrscht oder im Kern« – Massimo öffnete die Arme – »... dann ist deine Ehe unglücklich. Es gibt Reibungspunkte, die immer wichtiger werden, während man alle anderen Dinge, die reibungslos funktionieren, kaum noch bemerkt. Dennoch funktionieren sie. Und das, was nicht funktioniert, fängt an, den ganzen Rest zu vergiften.«

Massimo nahm einen ordentlichen Schluck Tee, stellte das Glas auf den Tresen und fuhr fort: »In der Wahrscheinlichkeitsrechnung wird ebenso argumentiert. Die Wahrscheinlichkeit, dass eine bestimmte Situation eintritt – zum Beispiel, dass mein Großvater es schafft, lebend ein Fußballspiel anzusehen –, wird durch das Produkt der Wahrscheinlichkeiten aller elementaren Ereignisse bestimmt, die eintreten müssen, damit diese Situation eintritt, ohne Ausnahme. Wohlgemerkt: durch das Produkt, nicht durch die Summe. Das ist wichtig.«

Massimo stürzte einen weiteren Schluck Tee hinunter, nachdem er einen Blick auf seine eigene Zweigstelle des Altersheims geworfen hatte. Immerhin schienen sie ihm bis hierhin gefolgt zu sein.

»Der Grund dafür ist einfach: Wenn die Wahrscheinlichkeit eines gegebenen Ereignisses in der obigen Kette gleich null ist, dann ist die Wahrscheinlichkeit, dass die Situation eintritt, ebenfalls gleich null. Kehren wir zu unserem Beispiel zurück: Ampelio, der versucht, ins Stadion zu gehen. Um ins Stadion zu gehen, müsste mein Großvater eine Eintrittskarte kaufen, ein Ereignis, das nicht unmöglich ist, weil ich ihn begleiten würde. Er müsste die Sicherheitskontrolle passieren, und das ist unmöglich, weil das bedeuten würde, seinen Stock abzugeben, der als Waffe angesehen würde. Und mein Großvater lässt diesen Stock niemals irgendwo, ganz einfach, weil er einen diabetischen Fuß hat und ohne Stock am Boden zerschellen würde.«

Massimo trank den Eistee mit einem langen Zug aus. Während er sprach, war ihm eine Idee gekommen. Etwas, das die Alten vielleicht davon überzeugen könnte, sich das Verbrechen ein für alle Mal aus dem Kopf zu schlagen.

»Daher reicht es schon, wenn nur ein einziges Ereignis unmöglich ist, in unserem speziellen Fall, dass mein Großvater seinen Stock irgendwo abgibt, um die Kette der Ereignisse zu durchbrechen, die zu der Situation führt. Wenn man die Ereigniskette korrekt beschrieben hat und es darin ein Ereignis gibt, dessen Wahrscheinlichkeit bei null liegt, dann wird diese Situation nie eintreten. Punkt.«

Die vier hörten aufmerksam zu, seltsamerweise ohne ein Wort zu sagen. Ampelio nickte sogar.

»Also, wenn du jetzt nur ein einzelnes Ereignis betrachtest, also die Tatsache, dass die Carrus sich sehr viel leichter Zugang zum Zimmer des Opfers verschaffen konnte als Carpanesi, dann stellst du keine korrekte Gleichung auf. Du beschränkst dich auf einen kleinen Ausschnitt des Problems, ohne das Ganze zu berücksichtigen. Alles klar?«

Wenn du das so sagst, sagte Rimediottis Gesicht.

»Um über Wahrscheinlichkeit zu sprechen, müssen wir versuchen, den Mord in einzelne Ereignisse zu unterteilen, und um erkennen zu können, wer der Mörder ist, müssen wir ihn eine Reihe von obligatorischen Stationen durchlaufen lassen. Oder besser, müsst ihr.

Oder noch besser, müsste irgendjemand anderes, weil weder mir noch euch die Ermittlungen in diesem Fall übertragen worden sind und ich den dunklen Verdacht habe, dass, wenn wir so weitermachen, der gute alte Fusco uns bitter dafür büßen lassen wird.«

Die vier zogen unisono die Augenbrauen hoch, eine eindeutige Geste der Verachtung gegenüber Fusco und jeglichen Konsequenzen.

»Sehen wir mal, ob ich das richtig verstanden habe«, sagte Aldo. »Punkt eins, wer auch immer Marina Corucci ermordet hat, hat etwas von ihrem Tod gehabt. Nichts wird ohne Grund getan.«

»Kann sein. Ich würde es so formulieren: Er hat etwas von ihrem Tod gehabt oder hätte durch ihr mögliches Überleben etwas verloren.«

»Okay. Zweiter Punkt …«

Na gut. Ihr habt es nicht anders gewollt, also kriegt ihr jetzt die volle Packung.

»Dritter Punkt«, legte Massimo los. »Er hatte die Gelegenheit, so lange allein mit Marina Corucci in ihrem Zimmer zu sein, wie er brauchte, um die Injektion durchzuführen. Vierter Punkt, er war sich sicher, Marina Corucci durch eine Injektion von Luft töten zu können. Und hiermit steht und fällt die Sache, meiner Meinung nach.«

»In welcher Hinsicht?«, fragte Aldo.

»Weil wir in beiden Fällen – Carpanesi oder Carrus – hier eine schöne Null stehen haben. Im Fall Carpanesis, weil er der Corucci eine Art offiziellen Krankenbesuch abgestattet hat, zusammen mit Partei- und

Gewerkschaftsgenossen und Trikolore und allem. Dass er in Gegenwart von weiteren drei oder vier Personen genug Zeit und Dreistigkeit besessen haben soll, um der Corucci eine Injektion zu verabreichen, halte ich für eher unwahrscheinlich. Folglich ist die Wahrscheinlichkeit des dritten Ereignisses, was Carpanesi betrifft, sehr, sehr gering.«

»Und die Carrus?«

»Genauso. Die Carrus ist Ärztin, und wenn sie einen Patienten ermorden wollte, würde sie eine unfehlbare Methode wählen. Mit Sicherheit keine Luftinjektion.«

»Und warum?«, fragte Aldo. »Das ist eine perfekte Methode, einfach und effizient.«

»Ja. Im Film. In der Wirklichkeit darf man die Löslichkeit der verschiedenen gasförmigen Bestandteile der Luft im menschlichen Blut nicht außer Acht lassen. Wenn du jemandem Luft injizierst, um ihm zu schaden, musst du es schaffen, ihm sehr viel davon zu injizieren und das sehr schnell, damit sich die Luft nicht im Blut löst. Die Embolien, an denen die Taucher sterben, weil sie zu schnell auftauchen, sind nur der Tatsache geschuldet, dass die Löslichkeit der Luft im menschlichen Blut je nach Luftdruck stark variiert; je höher der Druck, desto besser lösen sich Gase. Wenn du zu schnell auftauchst, sinkt die Löslichkeit des Gases in der Flüssigkeit, ohne dass du das überschüssige Gas durch die Atmung ausscheiden kannst. Dadurch bilden sich schöne Luftbläschen, dein Blut fängt an, sich zu verhalten wie der Chinotto, und du bist erledigt.«

Massimo öffnete eine Flasche Chinotto und goss sich

ein Glas ein, sowohl, um das Gesagte zu veranschaulichen, als auch, weil er durstig geworden war.

»Aber im Falle einer Injektion tötet sie nur, wenn es dir gelingt, die Arterie vollständig zu verschließen, damit der sogenannte Bolus auch entsteht. Das heißt: sehr selten. Ich habe mich informiert. Daher kann derjenige, der tatsächlich gemordet hat, kein Arzt gewesen sein. Folglich haben wir auch bei der Carrus beim Ereignis Nummer vier eine Null.«

Die Alten blickten sich nachdenklich an. Dann hob Del Tacca wie in der Schule die Hand.

»Entschuldige, Massimo, aber vorhin bist du von Punkt eins direkt zum dritten Punkt gesprungen. Gibt es noch einen zweiten, oder bist du durcheinandergekommen?«

»Nein, nein, Pilade, kein Durcheinander. Der zweite Punkt ist die Möglichkeit, dass jemand etwas durch den Tod von Marina Corucci zu gewinnen oder zu verlieren gehabt hätte, falls sie am Leben geblieben wäre. Wenn du es recht bedenkst, hat zuvor noch nie jemand versucht, Marina Corucci zu ermorden. Daher hat, wer auch immer sie ermordet hat, das erst infolge des Unfalls getan.«

»Was uns wieder auf das zurückbringt, was wir vorhin gesagt haben«, meinte Pilade. »Vor dem Unfall hatte die Carrus keine Gelegenheit, an die Corucci ranzukommen. Nach dem Unfall hat sie sie da wie auf dem Silbertablett präsentiert bekommen.«

»Jetzt hört ihr aber nicht zu. Du kannst alles aufs Tablett legen, was dir gefällt, aber ein Punkt ist eine sichere Null. Marina Corucci kann nicht von einem Mediziner ermordet worden sein, und die Carrus ist Medizinerin. Punkt.«

»Das sagst du. Sie könnte es aber auch so gemacht haben, um den Verdacht auf jemand anderen zu lenken. Wer sagt mir das denn? Schlau ist sie ja, und die Katze lässt das Mausen nicht. Was sagst du dazu, Aldo?«

Ich weiß nicht, was ich noch probieren soll.

Der Nachmittag war vergangen wie der Morgen, zwischen Billard und Geplauder. Am Abend war die Bar überfüllt, zum Glück aber ohne die Alten.

Zu Hause angekommen ging Massimo direkt zum Bett, zog sich auf dem Weg dorthin aus und ließ die Kleidungsstücke auf dem Boden liegen. Er warf sich aufs Bett und sah die Bücher durch, die er auf seinem Nachtschränkchen liegen hatte, um noch ein paar Minuten zu lesen, bevor er in Morpheus' Arme sank.

Gerd Gigerenzer, *Bauchentscheidungen*. Zu müde. Roger Abravanel, *Meritocrazia*. Zu deprimierend. Amado, *Die drei Tode des Jochen Wasserbrüller*. Wovon redet der?

Zwei Stunden später lag Massimo im Bett und war hellwach. Ein bisschen lag das an dem Buch von Amado (wunderschön: der erste Teil besser als der zweite, aber von so etwas könnte man mehr lesen), ein bisschen an der Diskussion mit den Alten, die doch leise Zweifel bei ihm hinterlassen hatte. Und an dem Versuch, nicht an den Fall zu denken, was ihm, trotz allem, nicht gelang.

Es kann kein Arzt sein. Genauso wenig wie eine Krankenschwester oder ein -pfleger. Aber es muss jemand sein, der in einem Krankenhaus nicht auffällt.

Es muss jemand sein, der von Marina Coruccis Tod profitiert. Oder Probleme bekommen hätte, wenn sie überlebt hätte.

Ich hab's gleich, da bin ich mir sicher.

Hör zu, jetzt schläfst du erst einmal. Morgen denkst du darüber nach, mit frischem Geist.

Elf

Halb acht am nächsten Morgen. Massimo saß an einem Tischchen, die »Gazzetta« vor sich aufgeschlagen, als plötzlich Aldo hereinkam. Während Massimo aufschaute, ging Aldo zu dem Tischchen und lehnte einen weißen Briefumschlag an die rosafarbene Zeitung. Massimo sah ihn an.

»Spielschulden bezahlt man innerhalb von vierundzwanzig Stunden. Aber jetzt musst du mir erklären, wie du das gemacht hast.«

»Gerne. Wenn es dir nichts ausmacht, warten wir nur, bis der Rest der Bande eingetrudelt ist, sonst muss ich es noch xmal erklären.«

Und ich kann die »Gazzetta« noch zu Ende lesen.

»Mach nur. Darf ich dich was fragen?«

»Fragen ist gestattet.«

»Fühlst du dich gut?«

»Ich kann mich nicht beschweren.«

»Sicher? Du siehst wirklich schrecklich aus. Nicht, dass du sonst aussähest wie George Clooney, dass wir uns recht verstehen, aber heute Morgen ist es ernsthaft erschreckend.«

»Schlecht geschlafen.«

»Kenne ich. Passiert mir auch manchmal.«

Aldo setzte sich an den Tisch und fing an, hin und her zu schaukeln wie jemand, der, bevor er ein Gespräch anfängt, sicherstellen möchte, dass er die volle Aufmerksamkeit seines Gesprächspartners besitzt. Leider war Massimo von Natur aus mit so viel Empathie gesegnet wie ein autistisches Kind, und darüber hinaus las er gerade die »Gazzetta«, weshalb er auf seinem Platz sitzen blieb, ohne den Blick zu heben und ohne irgendetwas zu bemerken. Nach ein paar Minuten fing Aldo an zu husten. Erst leise, diskret, dann immer entschiedener. An einem gewissen Punkt sprach Massimo, ohne den Blick von der »Gazzetta« zu heben: »In deinem Alter sollte man nicht ohne Schal aus dem Haus gehen.«

»Tja. In deinem hingegen sollte man anfangen, über die Gründung einer Familie nachzudenken.«

»Schon erledigt. Ich hab mir den Gedanken aus dem Kopf geschlagen.«

»Massimo, spiel hier nicht den Dummkopf. Du hast deine Schulfreundin geheiratet. Die unter anderem ein Mensch war, den man vergessen konnte, aber du warst ja *so* verliebt. Und dann habt ihr euch scheiden lassen. Wenn ein Papst stirbt, dann macht man einen neuen, weißt du?«

»Ich weiß, ich weiß. Nur dass meine Konklave halt ziemlich lange dauern.«

»Das glaube ich wohl! Du bist ja immer in dieser Scheißbar vergraben. Ziehst dich immer gleich an, weißes Hemd und Jeans. Und wenn du einen Tag frei hast, versteckst du dich wie ein Einsiedlerkrebs.«

Massimo sah Aldo etwas verwirrt an. Wenn Aldo schon zu Fäkalausdrücken griff, musste die Lage ernst sein.

»Du kannst doch nicht so tun, als würdest du scharenweise Mädchen anziehen, indem du wie ein Säulenheiliger hier herumsitzt«, fuhr Aldo fort. »Ändere etwas. Geh aus. Geh ins Kino. Wach endlich auf. Wir wissen alle ...«

Und bei dem, was alle wussten, unterbrach er sich, weil Tiziana hereingekommen war.

»Mamma mia, was für ein Tag. Noch so kalt am Morgen ... Massimo, geht's dir gut?«

Massimo stand auf, ohne die »Gazzetta« zu senken, las im Stehen weiter und ging direkt ins Billardzimmer.

Nachdem er die »Gazzetta« ausgelesen hatte, war Massimo im Billardzimmer geblieben und hatte sowohl auf dem grünen Tuch als auch in seinem eigenen Hirn eine gedankenverlorene Partie gegen sich selbst begonnen. Auf dem Tuch reihte er einen perfekten Verteidigungsstoß an den anderen, wobei sich die Kugel in der Nähe einer Ecke des Tisches befand und die andere, die sie stoßen sollte, direkt gegenüber, mit der Burg aus Kegeln in der Mitte. Sterile Stöße, die keinen Kegel berührten und keinen Punkt einbrachten, aber Massimo war ein vorsichtiger Spieler, und dies waren Stöße, die ihm spontan einfielen.

In seinem Kopf war die Schlacht komplexer, und die beiden Kinder, die sich schon immer damit vergnügten, die Kontrolle über Massimos Handlungen zu erlangen, versuchten, sich gegenseitig zu überzeugen. Einerseits beharrte Massimo »das Brave Kind« darauf, dass Fusco sich glasklar ausgedrückt hatte und dass er recht hatte. Man spielt nicht mit Straftaten, man ermittelt nicht auf eigene Faust, und man urteilt nicht auf eigene Faust. Für bestimmte Dinge gibt es die Polizei, die Richter und all die anderen vorgeschalteten Apparate. Andererseits erwiderte Massimo »warum eigentlich nicht«, dass, wenn eine Sache nicht aufgeht, sie nicht aufgeht, und dass man, solange sie nicht aufgeht, sich reinhängen muss, bis man die Lösung findet, und wenn »das Brave Kind« so blöd war, könne er da auch nichts machen.

Während er nachdachte, führte er einen Stoß zu heftig aus, und die gestoßene Kugel landete auf derselben Seite wie die getriebene, eine vor der anderen vor der Burg.

In solchen Fällen muss man einen *filotto* spielen: Ein ordentlicher Stoß und los, die getroffene Kugel springt fröhlich von Bande zu Bande, zerstört die Kegelburg und bringt Punkte in rauen Mengen, schafft es vielleicht sogar noch bis zur Zielkugel. Ein einfacher Stoß, und folglich ein Stoß, den Massimo nicht mochte. Und den er praktisch nie ausführte, aus Angst, einen Fehler zu machen und kolossalen Schaden anzurichten mit den Alten, die ihn damit aufgezogen und bis aufs Blut gepiesackt hätten.

Aber da er ja allein war, versuchte er, sich das zu erlauben.

Massimo beugte sich über den Tisch, stützte den Stock auf die Hand und bereitete sich auf den Stoß vor.

In der Bar redeten die Alten, mal mehr, mal weniger, als Aldo sich an die Wand lehnte. Ein paar Sekunden später hob er die Hand und bat um Ruhe. Ampelio setzte seinen Monolog ungerührt fort, und Pilade machte den Mund auf.

»Ampelio, sei mal kurz still.«

»Was ist denn, jetzt ist mein Enkel nicht da, und da fängst du an, alle zu nerven?«

»Genau«, antwortete Aldo. »Massimo ist nicht da, weil er nebenan ist, um Billard zu spielen. Aber seit zwei oder drei Minuten ist kein Mucks mehr zu hören. Weder aneinanderstoßende Kugeln noch Schritte. Heute Morgen hat er mir ganz und gar nicht gefallen. Ich möchte nicht, dass er sich ausgerechnet jetzt nicht gut fühlt.«

O Gott. Das fehlte gerade noch. Mit einem einmütigen Blick wurde Aldo von der Allgemeinheit damit beauftragt, hinüberzugehen und nachzusehen, was da vor sich ging, auch weil, wenn man darauf gewartet hätte, bis Ampelio sich hochgestemmt und drüben angekommen wäre, in der Zwischenzeit alle verhungert wären.

Im Billardzimmer fand Aldo Massimo über den Tisch gebeugt, wie er sich darauf vorbereitete, einen *filotto* auszuführen, und den Stock vorsichtig vor und zurück schob.

Nur, dass er die Augen geschlossen hatte und dabei zu schlafen schien.

Nach etwa zwanzig Sekunden gesellten sich Tiziana und die anderen älteren Herren zu Aldo. Und noch ein paar Sekunden später schlug Massimo die Augen auf, hob den Kopf und erblickte das Quartett, das wie angenagelt auf der Schwelle stand. Er lächelte.

»Was gibt's?«

»Was soll's denn geben? Du bist auf dem Billardtisch eingeschlafen.«

»Ach. Ich hab heute Nacht nicht so viel Schlaf bekommen«, antwortete Massimo und versuchte dabei, einen dummen Gesichtsausdruck aufzusetzen, um seine Aufregung zu verbergen.

»Massimo, wir machen es so«, sagte Aldo väterlich. »Du gehst jetzt nach Hause und gönnst dir ein hübsches Schläfchen. In diesem Zustand scheint es mir nicht angebracht, dass du arbeitest. Vielleicht kann Tiziana hierbleiben. Schaffst du das?«

»Geh nur, Massimo«, sagte Tiziana, »ich kümmere mich hier um alles.«

»Vielleicht hast du recht. Wir sehen uns später.«

Verflixt und zugenäht. So ist es. Es kann gar nicht anders sein.

Und was mach ich jetzt? Wenn ich zu Fusco gehe, dann fesselt er mich mit Handschellen an den Heizkörper und schickt ein Stück von meinem Ohr in die Bar. Wenn ich es einem Journalisten sage, idem, siehe oben. Es bräche ein Chaos aus, das kein Mensch brauchen kann. Und dann bin ich mir ja noch nicht einmal ganz sicher, was herauskommen würde. Im Augenblick ist es das Beste, direkt mit ihm zu sprechen. Sehen wir erst einmal, wie er reagiert. Vielleicht sagt er mir alles. Vielleicht ruft er die Polizei und lässt mich verhaften. Letzteres ist wahrscheinlicher als Ersteres. Hast du eine Wahl? Nein, sieht mir nicht so aus. Zum Glück haben die Alten gedacht, ich wäre eingeschlafen. Aber wenn du jemals wieder gut schlafen willst, dann musst du dir diesen Zahn ziehen. Wird schon schiefgehen.

»Und was gibt es so Dringendes, dass Sie mich heute Morgen unbedingt sprechen müssen?«

In der eigenen Kanzlei sitzend, ein edles Bücherregal aus dem 18. Jahrhundert voller schön gebundener Bände im Rücken, machte der Notar einen entschieden anderen Eindruck. In der Bar hatte Massimo ihn immer als einen gut gekleideten kleinen Mann gesehen, der deutlich gebildeter war als die Mehrheit, sich aber Mühe geben musste, um wahrgenommen zu werden.

Hier hingegen war er der Chef. Man merkte es an der Art, wie die Sekretärin ihm die Tür aufgemacht, wie sie Massimo angesehen hatte, als er gefragt hatte, ob es möglich sei, ein paar Minuten mit dem Herrn Notar zu sprechen. Der Herr Notar sei gerade beschäftigt, hatte sie gesagt, beinahe verblüfft, dass überhaupt jemand es wagte, so unverfroren zu sein. Oh, dann werde ich wohl warten müssen, hatte Massimo gesagt, während er zu einem der kleinen Wartesessel im Vorzimmer ging. Überaus bequem, übrigens, diese Sesselchen. Wenn jemand so etwas in sein Vorzimmer stellt, wer weiß, was für einen Thron er dann in seinem Büro stehen haben muss.

In der Tat hatte der Herr Notar in seinem Büro, in das er ein Stündchen später eingelassen wurde, einen Mahagonischreibtisch wie für einen Konteradmiral stehen, mindestens zwei Meter breit, und einen unglaublich luxuriösen Sessel aus feinstem Leder mit breiten Armlehnen und einem Dämpfungssystem, das eines Ferraris würdig war; Letzteres konnte Massimo allerdings nur vermuten, weil er sich niemals auf den Sessel eines anderen gesetzt hätte. Da er bereits genug gesessen hatte, war er auf und ab gegangen, während er auf den Notar wartete. Dann war der Notar hereingekommen, hatte ihn gegrüßt, während er Platz nahm, und kurz einige Briefe durchgesehen, um schließlich Massimo mit einem neutralen Blick unter die Lupe zu nehmen, weder verärgert noch neugierig, einfach nur professionell.

»Ich muss Sie etwas zu einem Ihrer Mandanten fragen. Um genau zu sein, geht es um Sirio Fabbricotti.«

Der Notar blickte ihn weiter unverwandt an, ohne eine Miene zu verziehen. Massimo wartete einen Augenblick, dann fuhr er fort: »Sirio Fabbricotti, ja.«

»Das habe ich verstanden, Signor Viviani. Ich bin alt, nicht taub.«

Massimo seufzte. Hör zu, jetzt bist du nun einmal hier, jetzt musst du es auch bis zum Ende durchziehen.

»Was ich wissen wollte, Signor Notaio, sind die Bedingungen der Schenkung, die Sirio Fabbricotti zugunsten seines Sohnes Giacomo vor ein paar Jahren gemacht hat.«

»Auf was für eine Schenkung beziehen Sie sich?«

»Auf die Schenkung, mit der Sirio Fabbricotti sein Erbe seinem Sohn Giacomo überschrieben und gleichzeitig seine Frau Marina Corucci mittels einer von ihr unterzeichneten Verzichtserklärung davon ausgeschlossen hat.«

Der Notar blickte ihn weiter mit demselben neutralen Ausdruck an.

»Und woher wissen Sie davon?«

Scheiße. Siehst du, sagte Massimo »das Brave Kind«, was passiert, wenn man den Schlaumeier spielen will, obwohl man keine Ahnung hat?

Sei still, ich muss mich konzentrieren, du Nervensäge, antwortete der andere Massimo.

»Wir sind ein kleines Städtchen. Die Leute tuscheln.«

Der Notar blickte Massimo an und zog eine Augenbraue hoch.

»Wenn die Leute so gut informiert sind, müssten Sie das doch auch wissen. Aber darauf kommt es nicht an. Die Betroffenen sind verstorben, ihre Testamente, sofern sie vorliegen, sind verlesen und ihre Anweisungen ausgeführt worden. Möchten Sie das im Detail wissen, oder kann ich es Ihnen formlos erklären?«

Jetzt war der Tonfall des Notars entschieden sarkastisch.

»Bitte, ganz wie Sie möchten.«

»Sirio Fabbricotti hat sein gesamtes Vermögen, abzüglich einer gewissen Summe, die er für sein eigenes Überleben und seine eigene Behandlung errechnet hat, seinem Sohn Giacomo geschenkt. Da der Junge damals, wenn ich mich recht erinnere, erst acht Jahre alt war, hat er einen Treuhänder ernannt, der das Vermögen verwalten sollte, bis der Junge volljährig würde.«

»Und dieser Treuhänder sind Sie?«

»Ganz genau.«

Der Blick des Notars verlor sich einen Augenblick zum Fenster hinaus.

»Ich kannte Sirio Fabbricotti nicht besonders gut, aber wir vertrauten einander. Ich habe alle notariellen Urkunden zu allen Häusern, die er gebaut und verkauft hat, vorbereitet und unterzeichnet, von der ersten bis zur letzten. Er war ein verschlossener Mensch, zurückhaltend, und hat den Jungen von ganzem Herzen geliebt. Auch nachdem er herausbekommen hatte, dass er nicht sein Sohn war.«

Der Blick des Notars kehrte zu Massimo zurück.

»In diesem Land kann man keinen Verwandten ersten Grades enterben, nicht mal, wenn man das will. Auch wenn ein Testament hinterlassen wird, erwartet die direkten Verwandten cuius, also ein rechtlich zugesicherter Anteil. Aber Sirio hatte, seiner Meinung nach, eine Möglichkeit gefunden, seine Frau vom Erbe auszuschließen. Er hat sie vor die Alternative gestellt: Entweder du unterschreibst, dass du darauf verzichtest, die Schenkung anzufechten, hat er ihr gesagt, oder ...«,

der Notar lächelte, »oder ich entlarve dich vor aller Augen als Lügnerin und verlange die Scheidung. Alle werden wissen, dass Giacomo nicht mein Sohn ist, und du und er werden ohne einen Cent dastehen. Marina hat unterschrieben.«

»Ich verstehe. Also hat Fabbricotti fast sein gesamtes Vermögen Giacomo geschenkt und Sie als Verwalter seines Hab und Gutes eingesetzt, bis zur Volljährigkeit.«

Der Notar nickte, hob die Handflächen, als wollte er sagen, dass er das für offensichtlich hielt.

»Entschuldigen Sie, aber Sie haben vorhin gesagt, dass die Testamente verlesen und vollstreckt worden seien, soweit sie vorlagen. Gab es noch mehr Testamente außer dem von Fabbricotti?«

»Nein, das war mehr ein, sagen wir mal, allgemeiner Plural. In der Tat gab es nur ein Testament, das von Sirio. Giacomo und Marina sind gestorben, ohne Verfügungen zu hinterlassen.«

»Ich verstehe. Und folglich, was ist dann passiert?«

»Es ist das passiert, was das Gesetz vorsieht. Da Giacomo Fabbricotti ohne Erben verstorben ist, geht das gesamte Vermögen an den nächsten Verwandten. Oder besser gesagt, in diesem Fall an Marina Corucci.«

»Weswegen, am Ende, Marina Corucci in der kurzen Zeitspanne, die sie überlebt hat, Fabbricottis gesamtes Vermögen geerbt hat.«

»Genau.«

»Und wie viel Geld war das so ungefähr?«

Der Notar blickte ihn lächelnd an.

»Ein ordentlicher Batzen. Ich werde nicht ins Detail gehen, aber Fabbricottis Schenkung lag im Bereich von Millionen Euro.«

»Ich verstehe. Aber das habe ich nicht gefragt.«

Der Notar blickte ihn jetzt mit einem etwas schmaleren Lächeln an.

»Ich habe gefragt, wie viel Geld es jetzt ungefähr war. Wir hatten eine Finanzkrise, wie Sie sicher wissen. Wenn ein Treuhänder diese Gelder in Aktien investiert oder damit spekuliert hätte, dann hätte er einen großen Teil davon verlieren können. Sie wissen, wie das ist.«

Jetzt lächelte der Notar nicht mehr.

»Wenn daher Marina Corucci sich nach dem Unfall wieder erholt hätte, hätte sie einige Überraschungen erleben können. Und am Ende entdecken können, dass sie nicht viel mehr als eine Handvoll Fliegen oder wenig mehr geerbt hatte. Meiner Meinung nach hätte sie dann ziemlich sauer auf den Treuhänder werden können.«

Der Notar blieb sitzen, schlug aber die Beine über.

»Sie haben keinerlei Berechtigung, mich nach diesen Informationen zu fragen.«

»Ich nicht.«

Der Notar blickte ihn einen Moment lang an. Dann schüttelte er plötzlich den Kopf.

»Wissen Sie, warum ich bei diesen lächerlichen Wahlen für den Senat kandidiere?«

»Nein. Warum?«

»Weil ich mir bewusst war, dass ich auf keinen Fall

gewählt würde. Ich bin hier geboren und aufgewachsen, und Macht hat mich noch nie interessiert. Ich habe immer Politik gemacht, aber mehr aus Trägheit als aus Interesse. Darüber hinaus habe ich eine Partei vertreten, die, auch als sie in Italien noch wie ein weißer Wal war, hier in dieser Gegend nicht mehr als ein Fußabtreter war, zertreten von der Arbeiterpartei und all ihren Ausläufern.«

Der Notar stand auf und trat zu seinem Computer, um den Monitor einzuschalten, der auf einer Ecke des Konteradmiral-Schreibtisches stand.

»Und jetzt, mit dieser ganzen Geschichte, kann es mir tatsächlich passieren, dass ich mich in Rom wiederfinde, als Senator. Um mein Land in einer Zeit zu repräsentieren, in der die Politik ist, wie sie nun einmal ist; und das, muss ich sagen, ist mir gar nicht so unlieb. Jetzt, wo ich im Rennen bin, würde es mich schon treffen, zu verlieren. Und darauf zu verzichten, würde mich noch mehr treffen.«

Während er sprach, begann der Notar auf der Tastatur zu tippen, mit langsamen, aber sicheren Fingern.

»Es würde mich treffen, mich zurückziehen zu müssen, wenn Gerüchte in Umlauf kämen, die nicht der Wahrheit entsprechen. Das ist der einzige Grund, warum ich Ihnen zeige, was ich Ihnen jetzt zeige.«

Nach einem letzten Mausklick drehte der Notar den Monitor und zeigte Massimo den Bildschirm.

Ein Fenster der Website einer italienischen Bank war geöffnet, weiß und orange, es zeigte den Finanzbericht eines Investmentfonds.

Der Fonds war als »19062004 – Treuhandfonds Erben Fabbricotti« bezeichnet.

Der Anfangsbetrag lag bei etwa sechs Millionen und vierhundertzwanzigtausend Euro.

Der aktuelle Wert lag bei mehr als sieben Millionen.

Lächelnd las Massimo, was auf dem Schirm angezeigt wurde, dann stand er auf und streckte dem Notar die Hand hin, der sie schüttelte. Danach, während der Notar den Monitor wieder zurückdrehte, räusperte er sich und sagte: »Entschuldigen Sie, wenn ich so dreist bin, aber ich hätte noch eine letzte Frage. Auch Marina Corucci ist ohne Testament gestorben, wenn ich das recht verstanden habe.«

»Genau.«

»Und wer wären ihre Erben?«

»Ihr einziger noch lebender direkter Verwandter ersten Grades, also ihr Bruder. Pater Adriano Corucci vom Konvent Santa Luce.«

Zwölf

Pater Adriano Corucci
Franziskanermission Banakare
Ulongwe – Malawi

Lieber Pater Adriano,

nach einigen Tagen des Zweifels habe ich mich entschlossen, Ihnen diesen Brief zu schreiben, der den Tod Ihrer Schwester Marina betrifft.

Bevor Sie anfangen zu lesen, möchte ich zwei Dinge klarstellen: Erstens schreibe ich Ihnen nicht, weil mich nach Gerechtigkeit dürstet, sondern aus reiner Neugierde. Ich bin nicht daran interessiert, einen Schuldigen zu finden, weil es, so wie ich es sehe, in dieser Geschichte keine Schuldigen gibt, sondern nur, um zu wissen, ob die Art und Weise, wie ich diese Geschichte rekonstruiert habe, richtig ist und ob sich alles tatsächlich so ereignet hat, wie ich es Ihnen schreibe.

Zweitens, in Übereinstimmung mit dem, was ich gerade geschrieben habe, habe ich mit niemandem (weder Freunde noch Ermittlungsbehörden) über meine Schlussfolgerungen gesprochen, die ich Ihnen jetzt darlegen werde.

Und dies nicht aus Feigheit oder weil mir die Beweise fehlten, sondern weil ich in der Vergangenheit schon einmal dazu beigetragen habe, dass ein Mensch für ein Verbrechen, für das er verantwortlich war, ins Gefängnis gegangen ist, auch wenn er es eher unbedacht als willentlich begangen hatte. Und das belastet mich bis heute.

Infolgedessen hatte ich mir wieder einmal versprochen, mich nur noch um meine eigenen Angelegenheiten zu kümmern und nicht mehr die Nase in Dinge zu stecken, die mich nicht wirklich etwas angehen, um nicht andere in Schwierigkeiten zu bringen. Doch Neugier und persönlicher Stolz, die Versuchung, zu sehen, ob ich nicht in der Lage sein könnte, die Dinge zu durchschauen, sind schon immer stärker gewesen als mein Willen.

Um zu diesen Schlussfolgerungen zu kommen, bin ich nach dem Ausschlussverfahren vorgegangen: Ich habe nach und nach, je nachdem, welche Informationen ich jeweils bekam, einen nach dem anderen die Verdächtigen aus dem Verzeichnis der möglichen Mörder gestrichen.

Ich habe angefangen, mich für den Tod Ihrer Schwester zu interessieren, nachdem Sie in der Bar vorbeigekommen waren, um eine Cola zu trinken. Einige Tage später – und nachdem ich auf etwas unehrenhafte Weise Informationen eingeholt hatte – bin ich zu dem Schluss gekommen, dass, wer auch immer für den Tod Ihrer Schwester verantwortlich war, er sich erst nach dem Autounfall dazu entschlossen hatte, sie zu töten, weil die Motive für einen Mord vor dem Unfall nicht existierten. Um es ganz einfach auszudrücken: Vor dem Autounfall wäre es niemandem in den Sinn gekommen, Marina zu ermorden.

Wie Sie vielleicht wissen, sind die Einzigen, gegen die wegen Mordverdachts ermittelt wird, Stefano Carpanesi und seine Frau Angelica Carrus. Das Motiv, das die beiden hätte antreiben können, ist dasselbe: die Tatsache, dass Marina Geld von Carpanesi verlangte und ihn mit der Möglichkeit erpresste, der Welt zu eröffnen, dass er einen unehelichen Sohn hat, und so Ehe und politische Karriere zu ruinieren. An Letzteren lag auch Dottoressa Carrus etwas.

Doch Carpanesi hatte nie wirklich Gelegenheit, Marina zu ermorden: Bei seinem einzigen Besuch im Krankenhaus wurde er von vier Personen begleitet, und um das zu tun, was getan worden ist, hätte er notwendigerweise allein sein müssen. Folglich hatte Carpanesi nicht die Gelegenheit dazu.

Was seine Frau betrifft, so hatte sie sich über Marinas Gesundheitszustand informiert und wusste als Neurologin sehr gut, dass Marina sich nie wieder von diesem Unfall erholt hätte. Die Traumata, die sie davongetragen hatte, hatten das Gehirn irreversibel geschädigt. Was Marina erwartete, war ein Dahinvegetieren, und Carrus wusste das. Folglich hatte sie keinerlei Grund, Marina zu ermorden. Darüber hinaus hat die Methode, die für den Mord gewählt wurde, nur funktioniert, weil der Mörder, entschuldigen Sie die Ausdrucks-

weise, richtig Schwein gehabt hat; nicht einmal ein Student im ersten Semester hätte diese Methode gewählt, um jemanden zu ermorden.

Das Problem ist, ich habe zwar erkannt, dass der Autounfall fundamental dafür war, das Mordmotiv erst zu erschaffen, aber das Motiv selbst habe ich nicht richtig verstanden. Als ich von den Verfügungen im Testament von Sirio Fabbricotti erfahren habe, ist mir klar geworden, dass der Tod Ihres Neffen Giacomo zu einer grotesken Situation geführt hatte: Marina, vom eigenen Ehemann vom Erbe des Familienvermögens ausgeschlossen, gelangte durch den Tod des Sohnes wieder in dessen Besitz.

Oder besser: Sie erbte das, was der Treuhänderschaft des Notars Aloisi anvertraut worden war.

Niemandem ist in den Sinn gekommen, dass der Notar die ihm anvertrauten Gelder unbedacht oder schlichtweg unvorteilhaft hätte investieren können. Er hätte ja, zum Beispiel, alles in Aktien investieren können, die infolge der Krise an Wert verloren haben. Oder er hätte diese Gelder zum Spekulieren nehmen können, nachdem er, ebenfalls infolge der Krise, sein eigenes Geld verloren hatte.

Folglich hätte der Notar ein Motiv haben können: Ihrer Schwester, falls sie wieder gesund geworden wäre, nicht erklären zu müssen, wo ihre Erbschaft abgeblieben war.

Doch all diese Vermutungen waren nichts als Hirngespinste; plausibel zwar, aber durch die Fakten wider-

legt. Denn der Treuhandfonds, in den der Notar Fabbricottis Schenkung eingezahlt hat, erfreut sich bester Gesundheit, wovon ich mich mit eigenen Augen überzeugen konnte. Folglich hat auch der Notar kein Motiv. Und was die Gelegenheit betrifft, so musste man Zugang zu einer nur schwer zugänglichen Krankenhausabteilung bekommen können, ohne bemerkt zu werden. Nicht einfach.

Um nicht aufzufallen, muss man, an welchem Ort auch immer, Teil des gewöhnlichen Ablaufs sein. Wenn man also in einem Krankenhaus nicht auffallen will, muss man Arzt sein oder Krankenschwester oder Krankenträger. Jemand in weißem oder grünem Kittel. Aber es gibt noch eine andere Tracht, die in einem Krankenhaus keine Aufmerksamkeit erregt. Die Mönchskutte.

Als ich am Blinddarm operiert wurde, kam am Abend immer ein alter Pater vorbei, um zu hören, ob die kleinen Patienten mit jemandem reden wollten oder ob ihnen ein Segen guttun würde. Es war ein zahnloser und nervtötender Alter, und jedes Mal, wenn er hereinkam, griff ich mir unter der Decke ganz ungeniert an die Eier, in der Hoffnung, dass er es merken und nicht mehr wiederkommen würde. Aber ich habe mich informiert: Wie es aussieht, sind immer noch Geistliche in den Krankenhäusern, und hin und wieder kommt einer von ihnen vorbei, um den Kranken Trost zu spenden.

Die Möglichkeit, dass Sie es gewesen sein könnten, ist mir eingefallen, als ich Billard gespielt habe und einen filotto *stoßen musste. Ein* filotto *ist ein Angriffsstoß, destruktiv, aber er bringt viele Punkte. Allerdings kann man ihn nur unter ganz bestimmten Umständen ausführen, die umso präziser eintreffen müssen, je ungeübter der Spieler ist. Nun bin ich ein ungeübter Spieler und versuche so gut wie nie einen* filotto. *Aber in dem Fall war es gerechtfertigt, genau diesen Stoß auszuführen.*

Und da ist mir die Idee gekommen, dass Ihnen die gleiche Idee gekommen sein könnte.

Sie sind ein Mensch, der keiner Fliege etwas zuleide tun würde; und der einzige Grund, aus dem Sie jemanden ermorden würden, wäre, um ihm Leiden zu ersparen. Nicht aus Niedertracht, sondern aus menschlichem Erbarmen. Daher war das Motiv etwas, das sich als Folge des Unfalls ergeben hat: Aber die Folge war nicht finanzieller Art. (Es ist schon seltsam, wie sehr die Umgebung unser Denken prägt: In dieser Scheißwelt sind wir inzwischen ja schon gewohnt, Geld als Beweggrund für fast alles anzusehen.) Die Folge war hingegen menschlicher Art: Ihre Schwester hätte irreversible Schäden davongetragen.

Ich erspare Ihnen die Einzelheiten; aber ich bin zu dem Schluss gekommen, dass Sie, als Ihnen klar wurde, welche Zukunft Ihre Schwester erwartete, gehandelt haben.

Sie haben es nicht getan, um sich persönlich zu bereichern, das weiß ich; Sie haben in Malawi eine Stiftung für den Bau von Toiletten gegründet, die sie mit den Geldern aus dem Erbe eröffnet haben, und sie dann einer seriösen Sozietät zur Verwaltung übergeben.

Ich frage mich und ich frage Sie, ob das Geld nicht doch ins Gewicht fiel: ob der Anblick dieser ganzen Gelder, die unnütz und unbrauchbar bei ihrer Schwester lagen, und der Zorn, sie nicht für etwas Gutes einsetzen zu können, nicht doch als Katalysator für das fungiert haben, wovon ich glaube, dass Sie es getan haben. Wenn es so gewesen ist, so sollen Sie, falls das hilft, wissen, dass ich weder urteilen will noch kann. Und ich will auch nicht, dass andere es tun; was mich betrifft, so gelingt es mir nicht, das, was Sie getan haben, als Verbrechen zu betrachten.

Ich bitte Sie aber inständig, mir aufrichtig auf diesen Brief zu antworten. Ganz egal, ob ich recht oder unrecht habe. Ich habe keine Beweise gegen Sie, wie ich Ihnen gesagt habe und wie Sie wissen werden; und der einzige Weg, zu erfahren, ob ich recht habe, besteht darin, dass Sie es mir bestätigen.

Herzlich
Massimo Viviani

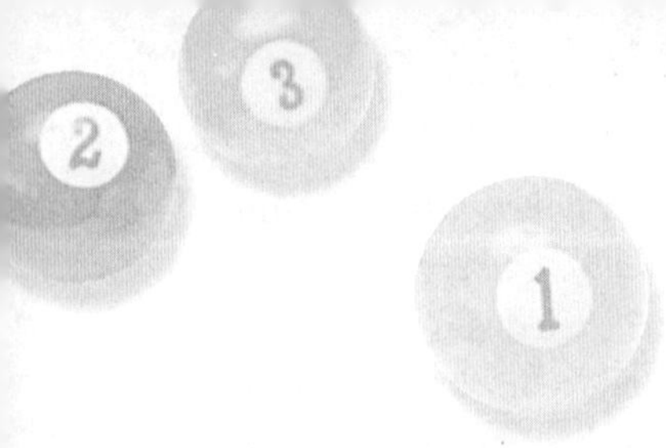

Epilog

Nachdem er den Wagen geparkt hatte, stieg Massimo aus und betrachtete einen Moment lang den kleinen weißen Ballon, der so neckisch an der Autoantenne befestigt war. Er überlegte, ob er ihn abmachen sollte oder nicht. Nach einem Augenblick band er ihn los und wickelte sich die Schnur um den Finger, dann begann er, den Hausschlüssel zu suchen.

Alles in allem war die Hochzeit lustig gewesen. Ein bisschen, weil Marchino und seine Freunde Chaoten allererster Güte waren, aber auf eine liebenswerte, niemals ärgerliche Weise. Ein bisschen, weil Massimo es geschafft hatte, sich für den Streich zu rächen, den ihm Tiziana gespielt hatte, als sie ihn ihrerseits um einen Gefallen für die Recherche in Fabbricottis Akten in der Kanzlei des Notars gebeten hatte.

»Aber warum denn ich?«

»Weil es sonst niemand macht. Fast alle sind Atheisten oder gehen seit Ewigkeiten nicht mehr in die Kirche. Für die erste Lesung habe ich schon jemanden gefunden. Aber mir fehlt noch einer.«

»Und warum dann ich? Ich bin auch Atheist. Entschuldige, aber du weißt, dass mir das peinlich ist.«

»Wer's glaubt«, warf Aldo ein. »Du bist mit Schwimmflossen an den Füßen zum Examen an der Uni angetreten, und jetzt schämst du dich, in der Kirche ein Stück aus der Bibel vorzulesen?«

»Das war eine Wette. Abgesehen davon, könnte vielleicht mal irgendjemand in dieser Bar anfangen, sich um seinen eigenen Kram zu kümmern? Nur mal so, nur um mal was Neues auszuprobieren?«

»Komm schon, Massimo, sei so gut ...«

Sie hatte ihm den ganzen Tag lang die Hölle heiß gemacht, bis er endlich zugesagt hatte.

»Na gut, Tiziana, aber den Text suche ich aus.«

»Es muss aber aus der Bibel sein, das weißt du? Aus den Paulusbriefen.«

»Sicher. Aus den Paulusbriefen. Die zweite Lesung. Ein bisschen was kann ich mir schon noch merken.«

Und so war Massimo nach der Lesung der Psalmen zur Kanzel gegangen und hatte die Bibel auf der markierten Seite aufgeschlagen. Vor ihm saßen Tiziana und Marchino, ganz manierlich, die gefalteten Hände vor sich auf der Bank aufgestützt. Nachdem er sich geräuspert hatte, hatte Massimo mit klarer Stimme angekündigt: »Aus dem Brief des heiligen Paulus an die Epheser.« Und dann hatte er in feierlichem Tonfall weitergelesen: »Ordnet euch einander unter in der Furcht Christi. Die Frauen sollen sich ihren Männern unterordnen wie dem Herrn. Denn der Mann ist das Haupt der Frau, wie auch Christus das Haupt der Gemeinde ist, die er als seinen Leib erlöst hat.«

Nach einem theatralischen Seufzer und nachdem er die Eheleute mit einem beredten Blick bedacht hatte, als wollte er entschuldigend sagen: »heilige Worte«, war Massimo mit predigerhafter Miene fortgefahren: »Aber wie nun die Gemeinde sich Christus unterordnet, so sollen auch die Frauen sich ihren Männern unterordnen« – Massimo hatte einen weiteren emphatischen Seufzer ausgestoßen, um dann mit schwerer Betonung zu enden – »in allem.«

Nach einer kurzen Pause hatte er Tiziana angelächelt und, wie um sich zu rechtfertigen, geschlossen: »Das Wort Gottes.«

»Dank sei Gott dem Herrn«, hatte Tiziana mit zusammengebissenen Zähnen erwidert.

»Aber stehen solche Sachen wirklich in der Bibel?«

»Sicher. Brief an die Epheser, Kapitel fünf, Vers einundzwanzig bis sechsundzwanzig. Der heilige Paulus, nicht irgendein Quatsch. Auch wenn die Zuschreibung dieses Briefes etwas unsicher ist. Jedenfalls hat die Kirche ihn offiziell als Wort Gottes aufgenommen, also …«

In der Frische der ersten Septembertage genoss Massimo den Empfang, endlich einmal Gast, nicht Kellner. Um ihn herum hatten sich, wie aus natürlicher Empathie, die Alten geschart, die *en bloc* zur Hochzeit eingeladen worden waren, zusammen mit den Frauen: Großmutter Tilde – dick und schwerfällig, aber überaus effizient, wenn's ums Essen ging, sie hatte bereits eine beschämende Anzahl kleiner Törtchen vertilgt und wiederholt erklärt, dass ihre besser schmeckten – hatte die anderen Damen zum Tisch der Braut geführt, um sie zu ihrem Kleid und ihrem Mann zu beglückwünschen.

»Mamma mia, was habe ich gelacht!«, sagte Aldo, in der einen Hand einen kleinen Prosecco und die andere auf der Verlängerung eines Gipspanzers abgelegt, die Handfläche nach unten und den Daumen angewinkelt, eine Geste, die vage an einen halbherzigen römischen Gruß erinnerte. »Es tut mir nur leid, dass ich Tizianas Blick nicht sehen konnte. Hör mal, Massimo, wo du schon mal hier bist, erklärst du mir eine Sache, die du mir noch nie erklärt hast?«

»Wie du willst.«

Hauptsache, es geht nicht um das Verbrechen. Für einen Augenblick hörte Massimo auf, sich zu entspannen.

»Die Geschichte mit der Wette. Seit ich von der Leiter gefallen bin, war ich nicht mehr in der Bar, und falls du es ihnen erklärt haben solltest, weiß ich davon nichts, aber mir hat es ganz sicher niemand gesagt.«

Massimo atmete erleichtert auf. Die Wette vom Restaurant. Die hatte er ganz vergessen.

»Das Problem ist Folgendes«, begann Massimo vor der inzwischen angetretenen Hörerschaft. »Nehmen wir einmal eine bestimmte Anzahl von Personen, sagen wir zweiundvierzig. Welche Wahrscheinlichkeit besteht, dass mindestens zwei davon am selben Tag des Jahres Geburtstag haben?«

»Na, zweiundvierzig durch dreihundertfünfundsechzig«, antwortete Ampelio.

»Sehr gut. Schöne Überlegung. Die hat auch Aldo angestellt, und was ist passiert? Der große grüne Schein mit dem Barockfenster darauf ist zu Massimo gewandert. Tatsache ist, dass zweiundvierzig durch dreihundertfünfundsechzig die Wahrscheinlichkeit ergibt, mit der eine dieser Personen *an einem bestimmten Tag des Jahres* Geburtstag hat. Meinetwegen der 30. August oder der 1. Februar. Um das Problem richtig zu lösen, muss man sich dagegen fragen, wie viele *Paare* man unter den Anwesenden bilden kann und mit welcher Wahrscheinlichkeit einer der beiden Angehörigen des Paares am selben Tag geboren sein könnte wie der andere. Wenn ich also eine der zweiundvierzig Personen wäre, dann bestünde eine Wahrscheinlichkeit von einundvierzig auf dreihundertfünfundsechzig, oder besser gesagt circa elf Prozent, dass jemand anderes am selben Tag geboren sein könnte wie ich, und das ist der 8. Februar. Sollte aber niemand an meinem Geburtstag geboren worden sein, macht das auch nichts. Nehmen wir einfach einen anderen, im Grunde sind ja noch einundvierzig übrig, und wiederholen wir die Rechnung. Vierzig durch dreihundertfünfundsechzig, wieder etwa zehn Prozent, die sich auf die Wahrscheinlichkeit von eben aufsummieren. Und immer so weiter. Das ist allerdings nur annähernd so, denn die korrekte Berechnung ist ein bisschen komplizierter, aber so bekommt man eine Vorstellung davon. Bei jedem Schritt füge ich einen Term hinzu – einen immer kleineren, weil ich dasselbe Paar nicht zweimal berücksichtigen kann, und folglich werden mit jedem Schritt, die die Berechnung voranschreitet, immer mehr Personen ausgeschlossen – und die Wahrscheinlichkeit steigt. Nur dass wir eine Vorstellung bekommen: Schon bei fünfundzwanzig Leuten ist die Wahrscheinlichkeit, dass zwei am selben Tag geboren wurden, höher als fünfzig Prozent. Mit zweiundvierzig hab ich, sagen wir mal, ein bisschen unredlich gespielt.«

»Aha«, sagte Aldo, »aber das entspricht ganz und gar nicht der Intuition.«

»Überhaupt nicht. Das ist ja das Schöne an der Mathematik: Sehr oft ist sie kontraintuitiv. Die Wirklichkeit ist schon bei den natürlichen Zahlen viel komplizierter, als man es erwarten würde. Ganz zu schweigen von dem ganzen Rest.«

»Tja, aber sie ist nur nicht intuitiv für uns, die wir arme, unwissende Idioten sind«, sagte Pilade. »Wenn einer intelligent ist und studiert hat – wirst sehen, dass er bei bestimmten Sachen auch aus dem Stegreif auf das richtige Ergebnis kommt.«

»Das ist nicht gesagt. Das schönste Beispiel kommt wieder aus der Wahrscheinlichkeitsrechnung.«

Massimo schnupperte an seinem Prosecco und ließ sich von dem mikroskopisch kleinen Zerplatzen der Bläschen in der Nase kitzeln.

»Die Theorie der Wahrscheinlichkeit ist aus einem Brief von Blaise Pascal an Pierre de Fermat geboren, in dem Pascal ihm ein Problem darlegte: Zwei Spieler würfeln gegeneinander, nachdem sie sich darauf geeinigt haben, dass derjenige gewinnt, der in zehn Würfen die höchste Punktzahl erreicht. Falls die Partie aber nun vorzeitig abgebrochen werden müsste, wie müssten die Spieler den Gewinn verteilen nach der Wahrscheinlichkeit, mit der jeder die Partie hätte gewinnen können, wäre sie nicht unterbrochen worden?«

»Ah. Und wie macht man das?«, fragte Pilade.

»Wie man das macht, hat Fermat auf Anhieb gewusst. Immerhin war er ein Genie. Und in seinem Antwortbrief hat er es Pascal erklärt. Und Pascal, der seinerseits ebenfalls ein Genie war, hat es nicht verstanden. Er hat Fermat zurückgeschrieben und eine eigene Lösung vorgeschlagen, die Fermat als falsch widerlegen konnte. Aber Pascal hatte immer noch nicht verstanden. Um es kurz zu machen: Pascal konnte eines nicht verstehen, nämlich die Theorie der Wahrscheinlichkeit in einer ihrer einfachsten Anwendungen, die heute schon Universitätsstudenten beherrschen. Und das war Pascal, nicht irgendein dahergelaufener Trottel. Es ist nicht gesagt, dass ein Genie zu sein zwangsläufig bedeutet, unter allen Umständen recht zu haben, wenn man abstrakt über ein Problem nachdenkt, ohne zu versuchen, es praktisch zu lösen.«

Die vier Alten sahen sich mit abwesendem Gesichtsausdruck an.

»Habt ihr die kleine Schwester von Tiziana gesehen?«, fragte Rimediotti.

»Allerdings«, erwiderte Pilade beifällig. »Lass die erst mal groß werden, dann wird auch sie ein wahres Schmuckstückchen.«

Massimo zog sich auf seinen Prosecco zurück.

Am Tor angekommen, öffnete Massimo es vorsichtig und trat in den Garten. Wie immer in jenen ersten Tagen schaute er sich um und ging mit langsamen, stolzen Schritten den Pfad entlang, wobei er der Versuchung widerstand, auf dem Rasen zu gehen. Das würde er später tun, mit nackten Füßen.

Er trat in den Wohnraum, zog die Schuhe aus und machte es sich im Sessel bequem, um den Garten zu betrachten.

Seit er umgezogen war, genoss er es wieder, nach Hause zu kommen.

Massimo hatte sehr lange gebraucht, um sich einzugestehen, dass es einer der schlimmsten Momente des Tages war: in die Wohnung zurückzukommen, in der er mit seiner Frau gelebt hatte. Die Angst vor dem leeren Bett, und dann, nach den ersten Tagen, die Traurigkeit an allen folgenden. Das Nichtgebrauchen bestimmter Haushaltsgeräte, das Nichtbetreten eines bestimmten Zimmers. Und vor allem der unwürdige Zustand, den die Wohnung nach und nach angenommen hatte, und Massimos Weigerung, etwas dagegen zu unternehmen. Weil es, wie er sich sagte, ja nur vorübergehend war. Doch manchmal gibt es nichts Endgültigeres als ein Provisorium.

Nachdem er mit Enrico dieses Häuschen angesehen hatte, hatte sich etwas gelöst. Er hatte zwei Berechnungen angestellt. Er hatte gesehen, dass er, wenn er die eine verkaufte, das andere kaufen konnte, ohne irgendein Darlehen aufzunehmen, und dann hatte er sich entschieden. Jetzt lebte er in Pineta, nicht mehr in Pisa. Schluss mit dem grausam frühen Aufstehen, Schluss mit Parkplätzen, die an eine Partie Tetris erinnern, dafür ein echtes Heim, in dem man seine Zelte aufschlagen konnte, und nicht in der Bar, die ihm in den letzten Jahren als Zuhause gedient hatte. Jetzt wurde die Bar wieder zum Arbeitsplatz und basta.

Zwar war da noch die Suche nach einem neuen Mädchen, aber auch das würde sich lösen lassen. Vor zwei Tagen hatte sich eine Ukrainerin bei ihm vorgestellt, die ihm ziemlich aufgeweckt vorgekommen war. Und er war beinahe versucht, die Bewerbungsrunde zu beenden. Sicher, sie war nicht so ein Schmuckstück wie Tiziana, aber wenn er auf eine wie sie wartete, würde er warten, bis er in Rente ging.

Nach einigen Minuten der Entspannung stand Massimo auf, um die Schuhe wegzuräumen; als er an der Tür vorbeikam, sah er, dass etwas im Briefkasten lag. Er zog einen weißen Umschlag heraus, der in ungelenker Handschrift beschriftet war. Ein Luftpostbrief. Aus Malawi.

Massimo begann zu lesen, den Brief in der einen und einen Schuh in der anderen Hand.

Lieber Massimo,

ich hoffe, es geht Dir gut und Deinen Lieben ebenso. Hier ist es angenehm, sehr heiß, aber eine trockene Hitze, die weder niederdrückt noch krank macht, dafür aber sehr müde. Doch schlafen darf man nicht, es gibt so viel Gutes zu tun und so viel Arbeit.

Dein Brief hat mich getroffen und zu Tränen gerührt; ob aus Traurigkeit, weil er mich daran erinnert hat, dass Giacomo und Marina nicht mehr sind, oder aus Erleichterung, weil ich gesehen habe, dass jemand erkannt hat, was ich getan habe, und mir vergeben hat. Denn aus Deinem Brief lese ich auch Deine Vergebung heraus, und ich danke Christus dafür, dass er Dich ihn hat schreiben lassen.

Ich bin ein unwissender armer Franziskaner, aber als ich zum ersten Mal ins Krankenhaus ging, begleitete mein Prior mich. Wie Du vielleicht weißt, ist er ein guter Arzt, und er hat mit den Ärzten gesprochen und sich die Krankenberichte angesehen. Auf dem Heimweg hat er mir erklärt, dass Marina nur noch ein Körper sei und dass zu hoffen zwar lobenswert und auch meine Pflicht sei, aber vergeblich. Diese Worte begleiten mich Tag für Tag.

Tag für Tag sagt Marinas Bruder Pater Adriano, dass seine Schwester bereits tot war, dass ihr Bewusstsein nicht mehr existierte, dass Marina niemals wieder jemanden geliebt hätte und dass ihre Existenz rein mechanisch war. Und Nacht für Nacht erinnert Pater Adriano Marinas Bruder daran, dass, wenn er nichts getan hätte, seine Schwester noch am Leben wäre.

Das Geld, das ich geerbt habe, wird für viele Dinge eingesetzt werden, und zwar hier: Dafür habe ich es in eine Stiftung eingezahlt, die den Namen meiner Schwester und meines Neffen trägt. Wie Du weißt, habe ich Armut gelobt, und dieses Geld hätte mir niemals gehören können. Ich hoffe, dass es hier nicht verschwendet wird, genauso wie ich es in Italien befürchtet hätte, wo es auf immer in der Schwebe geblieben wäre. Es ist wahr, dass mir das Geld nichts bedeutet – aber die Leute hier brauchen konkrete Hilfe. Fahrräder, Lebensmittel, Straßen; die Gebete werden dann später kommen, aber um dem Herrn danken zu können, muss man erst einmal etwas haben, wofür man danken kann.

Nachdem herausgekommen war, dass jemand beim Tod meiner Schwester nachgeholfen hatte, musste ich, um an die Gelder zu kommen, zu einer kleinen Sünde greifen und etwas aufdecken, was mir Stefano in der Beichte anvertraut hatte. So konnte ich sichergehen, dass gegen mich nicht ermittelt würde. Was Stefano betrifft, so bin ich in Kontakt mit meinem Prior geblieben; wäre er verurteilt worden, hätte ich mich gestellt und gestanden, damit nicht ein Unschuldiger für mich bezahlt.

Für mich war es wichtig, dass die Gelder, die ich bekommen habe, für die Mission eingesetzt werden, und das zumindest ist mir gelungen.

Wenn aus dem, was ich getan habe, noch irgendetwas Gutes entsteht, dann wird es nicht mein Verdienst sein. Ich werde es als ein Zeichen dafür nehmen, dass der Herr mir vergeben hat, so wie ich auch glaube, dass Du, Massimo, es getan hast.

Pace e bene, *und möge der Herr mit Dir sein*

P. Adriano

Massimo las den Brief ein letztes Mal im Bett, bevor er das Licht ausmachte. Und nachdem er ihn noch einmal gelesen hatte, reckte und streckte er sich und kroch unter die Decke, voller Vorfreude auf einen erholsamen Schlaf, der sich heute Nacht mit Sicherheit einstellen würde.

Und morgen früh gehe ich zu Fuß zur Arbeit.

Incipit vita nova.

Pisa, 23. Juni 2009

Zum Schluss

Ich hoffe, dass ich mich an alle erinnere, die mir dabei geholfen haben, dieses Buch zu schreiben; es sind nicht gerade wenige, aber ich versuche es einmal.

Danke an Cristiano Birga, der mir die Verfahrensweisen der Polizei und ihre Datenverarbeitungsmöglichkeiten erläutert hat, andernfalls hätte ich hier eine endliche Menge kapitaler Böcke geschossen.

Dank Laura Caponi und Federico Soldani, überaus pingelig sowohl in medizinischen wie literarischen Belangen, habe ich gelernt, dass nicht alles, was im Kino tötet, auch in der Wirklichkeit tödlich ist.

Die genaue Geschichte von Vagli di Sotto hat mir Rino Pescitelli erzählt; Anna Maria Fatti hingegen hat mit übermenschlicher Genauigkeit das Manuskript gelesen und es von vielen Fehlern befreit.

Dann danke ich meinen treuen Lesern: Virgilio, Serena, Mimmo, Letizia, Papa und Mamma (meinem Bruder nicht, er behauptet, es bringe Glück, es erst zu lesen, wenn es gedruckt ist, und ist eine ganze Zeit lang heldenhaft unwissend geblieben) und den Einwohnern von Olmo Marmorito (Davide, Olmo, Elena, Sara, der S'Indaco, Lentini, Massimo und der Capitano, in absolut sinnfreier Reihenfolge), die das Manuskript im

Laufe der Entstehung gelesen, die Vorschläge gemacht und Kritik geäußert, mich ermutigt und mir Gesellschaft geleistet haben.

Zum Schluss danke ich Samantha dafür, dass sie Leonardo so lange und still in ihrem Bauch versteckt gehalten hat, dass ich dieses Buch zu Ende schreiben konnte; eine kleine Geste, die mir nicht wenig geholfen hat. Jetzt, wo er da ist, wird vom Schreiben eine ganze Weile nicht zu reden sein …

Leseprobe aus dem neuen Kriminalroman von
Marco Malvaldi:
Toskanische Verhältnisse

Pendo Verlag, November 2013

Nur mal so zur Veranschaulichung

Um einen Eindruck davon zu vermitteln, was für ein Ort Montesodi Marittimo ist, hier einfach ein paar Zahlen.

812: die Zahl der Einwohner, womit sich die Menschen gegenüber den offiziell im Dorf registrierten Hühnern (Stücker 1726) klar in der Minderheit befinden. Zum Glück genießen Hühner, mit Ausnahme von Fräulein Conticini, kein aktives Wahlrecht, sonst wäre im Dorf so einiges anders.

69: das Durchschnittsalter im Dorf, mit einer bimodalen Verteilung um zwei Spitzen bei 70 bzw. 40 Jahren, einer nicht unerheblichen Koda im oberen Bereich und einem einzelnen, aber stolzen Ausreißer jenseits der hundert.

24: der Steigungsgrad der Hauptstraße von Montesodi, an der fast die gesamte Ortschaft liegt und die im Volksmund unter dem Namen »Herzkasperweg« bekannt ist. Um zu verstehen, was das wirklich bedeutet, sollte man sich vor Augen halten, dass der härteste Anstieg beim Giro d'Italia, der Mortirolopass, eine maximale Steigung von achtzehn Grad aufweist. In diesem Dorf ist jedes Fahrzeug diesseits eines Geländewagens nichts als ein hübsches Möbelstück auf Rädern.

Minus 17: die Tiefsttemperatur, die in der letzten Woche des Jahres 2011 erreicht wurde, unangenehm, aber noch weit entfernt von den minus 22 Grad, von denen der gute Castaldi manchmal schwatzt, der in meteorologischen Fragen Zuverlässigste unter den Senioren. Dass Castaldi rund um die Uhr besoffen ist, tut seinen Aussagen nicht nur keinen Abbruch, es bestätigt sie vielmehr noch: Nach allgemeiner Meinung ist es bei der Kälte, die Castaldi schon ertragen musste, wirklich kein Wunder, wenn er sich hin und wieder einen genehmigt. Anders hält das doch kein Mensch aus!

3: Anzahl der Betriebe, die innerhalb des Ortsgebiets ansässig sind. Konkret handelt es sich um die »Grundversorgung« (ein Schreibwaren- und Lebensmittelgeschäft einschließlich Zapfsäule unten am Hang), das »La Pignata« (ein Restaurant auf halber Höhe, das als Spezialität des Hauses Lammfleisch bietet) sowie das »Stellone il Grezzo« (wenn man so will »der harte Stern mit dem weichen Kern«, ein Lokal, wo ausschließlich Peroni-Bier ausgeschenkt wird, ganz oben auf der Piazza neben der Kirche).

2: Zahl der Geburten, die im Lauf des vergangenen Sonnenjahrs im Dorfgebiet stattgefunden haben. Die neuen Erdenbürger heißen Jonathan und Emily Pontypine und sind die Zwillinge eines englischen Pärchens, das sich bei einer Spritztour im Umland verfahren hatte. Die beiden Kinder beschlossen, zwei Monate vor dem Termin zur Welt zu kommen, nachdem die Mutter, Signora Gwendolen, beschlossen hatte, aus dem Wagen zu steigen und den Herzkasperweg hochzulaufen, auf der Suche nach der nächstgelegenen Toilette.

Soweit unsere Sintflut von Zahlen für diese Wüste von Dorf.

Anfang

Schon bevor man das Dorf erreicht, lässt die Straße, die nach Montesodi Marittimo führt, wohl niemanden kalt.

Nach einer Abzweigung mit dem Schild »Campagnaia-Montesodi M.mo«, dessen banal weiße Lettern auf blauem Hintergrund nichts von dem ahnen lassen, was einem bevorsteht, beginnt die Strecke fast unverzüglich anzusteigen und schlängelt sich dann dickköpfig zwischen den Eichenwäldchen hindurch – als wolle sie uns zeigen, dass es allzu einfach wäre, sich wie eine normale Straße zu verhalten und den bequemsten Weg durch die Täler hindurch zu suchen, die sich zwischen den Hügeln erstrecken. Eine Fahrbahn, die etwas auf sich hält, hat mehr zu bieten.

Der Straßenverlauf wird nach der Abzweigung zu einer Abfolge von Kurven und Schlaglöchern, wobei der Asphalt objektiv gesehen nicht im besten Zustand sein mag, aber die Ersteren erscheinen doch zahlreicher als die Letzteren; umso mehr, wenn einem im Auto schlecht wird, so wie Piergiorgio Pazzi, und man jede Kurve einzeln zählt. So wie er es in diesem Moment tat, während er um Atem rang und auf jeder kurzen Geraden versuchte, seinen Mageninhalt wieder dorthin zu befördern, wo er hingehört. Und dabei schickte er ein Stoßgebet zum Himmel, seine Forschungstätigkeit in Montesodi Marittimo nicht damit anfangen zu müssen, dass er sich die Seele aus dem Leib spie.

Zum Teil, gewiss, aus Eigenliebe; vor allem aber auch, weil der Besitzer des Wagens, der ihn nach Montesodi fuhr, nicht gerade so aussah, als würde er es wohlwollend aufnehmen, wenn sich dieses Unglück in seinem Auto ereignete.

Der Betreffende war ein Mann um die fünfzig, groß,

breitschultrig, mit kugelrundem Bauch, dem Augenschein nach ohne Weiteres in der Lage, mit bloßen Händen einen Reifen zu wechseln, und zwar ohne Wagenheber. Dieser Mann also hatte ihn mit einem Geländewagen am Bahnhof abgeholt und sich mit einem Händedruck und einem knappen »FreutmichPuntoni« vorgestellt. Piergiorgio schloss aus alledem, dass a) sein Gegenüber Puntoni hieß und b) körperliche Auseinandersetzungen das letzte waren, worauf man sich mit diesem Burschen einlassen wollte.

Und so war die Begrüßung das Einzige, was sie während der Fahrt an Worten ausgetauscht hatten, bevor sie das unbewaldete Wegstück bei l'Anguillaia erreichten. Puntoni war damit beschäftigt, auf einem lokalen Radiosender das Spiel der Fiorentina zu verfolgen, Piergiorgio verfolgte die gleichlaufenden Windungen der Straße und seiner eigenen Eingeweide. Ermutigt von einer Geraden, die etwas länger ausfiel als die bisherigen, sah sich Piergiorgio, während der Reporter voller Begeisterung sich über einen Einwurf ereiferte, der den Violetten in Strafraumnähe zugesprochen worden war, auf dem baumlosen Straßenstück ein wenig um und versuchte zu verstehen, wohin es ihn da eigentlich verschlagen hatte. Und die Szenerie, die er erblickte, ließ ihn erstarren.

Mitten auf der waldlosen Ebene stand trotz der Januarkälte ein Kerl mit bloßem Oberkörper, etwa einen Meter fünfzig groß und völlig kahl. Er hatte einen Bart, der ihm bis zum Bauch reichte, und Waden, die zwei San-Daniele-Schinken glichen. Schon deshalb überkam einen spontan die Idee, sich umzusehen, ob da vielleicht auch irgendwo ein Gandalf steckte. Man muss dazu sagen, dass der Mann ganz unverkennbar Qualen litt: wahrscheinlich nicht so sehr wegen der Kälte, sondern wegen des Baumstamms von dreißig Zentimetern Durchmesser und gut zwei Metern Länge, den dieser Troll trug, gestützt auf Brust und Arme, die Hände auf Höhe der Leisten verschränkt. In dieser Haltung stolperte er mühsam vorwärts, mit zitternden Armen, die rechte Gesichtshälfte an den Stamm gepresst. Die Spitze der mächtigen Last schwankte mit jedem Schritt.

Während Piergiorgio dem Schauspiel gebannt beiwohnte, blieb Puntoni völlig ungerührt, seine Aufmerksamkeit galt weiterhin der Fiorentina und den offenkundigen Schwierigkeiten der »Lilien«, den Spielstand auszugleichen, was der erregte Reporter in lebhaften Tönen beschrieb. Nach einigen Sekunden konnte Piergiorgio nicht umhin, während der Geländewagen weiterfuhr und die Szene hinter sich ließ, die Frage zu stellen:

»Entschuldigen Sie, wer war das denn?«

Gestört in seiner Konzentration auf die Bemühungen der Violetten, warf Puntoni Piergiorgio einen kurzen Blick zu.

»Wer, das?«

»Der Kerl mit dem Baumstamm.«

»Das ist Bonacci.«

Schweigen. Wenn man von dem Umstand absieht, dass der Sportreporter inzwischen heulte wie ein Coyote.

»Aha. Und was macht er mit dem Baumstamm?«

»Na, üben.«

Schweigen. Diesmal wirklich, denn die Fiorentina hatte gerade das zweite Gegentor kassiert und der Kommentator vermutlich Selbstmord begangen. Nach ein paar Sekunden wagte sich Piergiorgio vor:

»Und wofür trainiert einer, der Baumstämme durch die Gegend schleppt?«

Puntoni drehte sich abermals zu ihm um, sichtlich genervt.

»Na, für die Festa della Panca.«

Und damit drehte er die Lautstärke des Radios hoch, aus dem der wiederauferstandene Kommentator trübsinnig von der wohl leider tatsächlichen Abseitsstellung berichtete, die zum Abbruch des vorangegangenen Spielzugs geführt hatte, indes Puntoni den Blick auf die Straße richtete, wo das mit den Kurven schon wieder losging.

Piergiorgio stellte keine weiteren Fragen, bis sie ihr Ziel erreicht hatten.

Im Dorf angekommen, wurde Piergiorgio in die Casa Zerbi gebracht, wo er für seinen gesamten Aufenthalt unterkommen sollte.

Die Casa Zerbi war eines der wenigen Gebäude im Dorf mit mehr als zwei Stockwerken; fast alle Häuser, die Piergiorgio unterwegs zu Gesicht bekommen hatte, in schiefer Lage entlang des Herzkasperwegs, begnügten sich mit der Kombination aus Erdgeschoss und erstem Stock hinter einem Verputz aus den Fünfzigerjahren, eine Hülle, die ursprünglich einmal elfenbeinfarben gewesen sein musste, gegenwärtig jedoch eher an verschimmelten Milchkaffee denken ließ. Die einzigen beiden Bauten, die sich von den anderen irgendwie abhoben, waren das Restaurant, vor dem auf einer hölzernen Tafel der geschnitzte Schriftzug »La Pignata« prangte, sowie das Haus von Signorina Conticini, deren Garten eine bemerkenswerte Sammlung von Zwergen zu bieten hatte. Über sie alle wachte nicht etwa Schneeweißchen, sondern eine überlebensgroße Madonna, zu allem Überfluss mit einem blinkenden Leuchtherzen ausgestattet.

Ganz oben am Hang hingegen hatten die wenigen Gebäude, die den Hauptplatz säumten, drei Stockwerke oder mehr. Sie stammten allesamt aus der Zeit vor 1900 und waren von entschieden gediegenerer Bauweise. Alles überragte sowohl an Größe wie an optischem Reiz das Haus des Bürgermeisters, die Casa Benvenuti: ein großzügiges, solides Bauwerk mit einem eisenbeschlagenen Tor, das vor der breiten Außentreppe etwaigen Eindringlingen Einhalt gebot. Außer Konkurrenz lief natürlich die Kirche, benannt nach ihrem Schutzpatron Sant'Antonio Abate, dem heiligen Antonius der Einsiedler. Ein hässliches Gebäude ungewisser stilistischer Provenienz, das einzig durch seine Höhe auffiel und dessen religiöse Funktion allein an dem Kirchturm abzulesen war, welcher die Kirche selbst an Hässlichkeit fast noch übertraf. Das edelste Haus von allen, der Palazzo Palla, Heimstatt der Marchesi Filopanti Palla, die sich vom gemeinen Volk auch räumlich distanzierten, stand freilich außerhalb des Dorfes. Der Palazzo Palla war noch etwas höher am Hang als der Kirchplatz gelegen, aber durch einen guten Kilometer unasphaltierte Straße davon getrennt.

Gegenüber der Kirche stand die Casa Zerbi: ein Gebäude mit einer Treppe aus Holz und Eisen und Vollholz-Fensterläden, drei Stockwerke zuzüglich einer Mansarde, die normalerweise als Gästezimmer diente.

Und just in dieser Mansarde begann Piergiorgio, nachdem er den Raum in Besitz und selbst wieder etwas Farbe angenommen hatte, seine Kleidung aus dem Koffer zu räumen und alles weitere, was er brauchen würde, um zwei Wochen fern von Zuhause zu überstehen: seine Laufklamotten, Bücher, Laptop, iPod und so weiter und so weiter;

in großer Eile, versteht sich, denn in weniger als einer Stunde stand schon das Begrüßungsessen auf dem Programm, und der Ärmste musste sich noch duschen, rasieren und umziehen.

Piergiorgio war noch mit dem Auspacken beschäftigt, als sein Handy klingelte. Na klar.

Professor Ferroni. Komisch, ich hätte gewettet, es ist die Mamma.

»Pazzi, sind Sie das? Wie geht's? Sind Sie schon angekommen?«

»Ja, ich bin's, Professor. Ja, ich bin schon da. Alles in Ordnung.«

»Und das Dorf? So scheußlich wie auf dem Foto?«

»Na ja, ein bisschen schon. Sagen wir's so: Las Vegas ist das hier nicht gerade.«

»Und wie sind die Einheimischen? Hat man Sie gut aufgenommen?«

»Ja, ich wurde abgeholt. Also Leute habe ich bisher zwei gesehen. Soweit ›Leute‹ das richtige Wort ist. Einer sah aus wie ein Bär in Menschenkleidung, den anderen kann ich Ihnen gar nicht richtig beschreiben. Wie dem auch sei, in Form schienen sie alle beide zu sein.«

»Na also, dafür sind wir ja da«, sagte Ferroni und sprach dann plötzlich im Ton eines Auktionators weiter. »›Montesodi Marittimo, das stärkste Dorf Europas.‹ Ist die Philologin auch schon da?«

»Ich glaube schon. Angeblich ist sie auch hier untergebracht, aber ich habe sie noch nicht gesehen.«

»Ach, keine Sorge, wenn Sie sie sehen, werden Sie sie schon erkennen. Lila Haare, ovale Brille und ein Gesicht, das nur so ›Ich bin von der Scuola Normale‹ schreit. Beim Kick-off-Meeting hat sie von der ersten bis zur letzten Minute genervt. Schließen Sie also Freundschaft mit den Einheimischen, wenn Ihnen nach Gesellschaft ist – die Tante macht mir auf den ersten Blick einen ziemlich unerträglichen Eindruck.«

Sonntag beim Abendessen

»So. Erst einmal hallo und guten Abend zusammen. Ich hoffe, Sie alle konnten das Abendessen und Stelios Küche genießen, die wie üblich ganz ausgezeichnet war, möchte ich sagen. Nun wären die kulinarischen Künste des guten Stelio zwar Grund genug, hierherzukommen, aber wir haben uns heute auch noch aus anderem Grunde versammelt, nämlich um unsere Gäste ganz herzlich willkommen zu heißen.«

Der Herr Bürgermeister drückte sich in der Regel in bestem Italienisch aus, hatte jedoch im Lauf des Abendessens und beim anschließenden Beisammensein Trost und Schutz vor der Kälte gefunden, indem er sich etliche Gläser Grappa hinter die Binde goss, was seine Beredsamkeit nun ein wenig beeinträchtigte. Gönnerhaft nickte er Piergiorgio zu, der zu seiner Rechten saß.

»Herr Dr. Piergiorgio Pazzi, Physiologe, nicht wahr?, vom Institut für Endokrinologie der Universität Pisa, der für die biomedizinische Seite des Projekts zuständig ist ...«

Der Bürgermeister machte eine ausladende Handbewegung nach links, wo eine junge Frau saß. Die Betreffende war groß, hatte schwarze, durch ein paar lila Strähnen aufgepeppte Haare und trug eine kleine Brille mit Metallrahmen, hinter deren Gläsern ein Augenpaar lag, so grün wie die Hoffnung, die Trägerin näher kennenzulernen; eine Hoffnung, die Piergiorgio ganz entgegen dem Ratschlag Professor Ferronis schon bei ihrem ersten Anblick hegte.

»... und Frau Dr. Margherita Castelli, Forschungsangestellte in Romanischer Philologie an der Scuola Normale Superiore di Pisa, die den, sagen wir einmal, genealogischen Teil übernimmt. Soweit ich verstanden habe, wird die Aufgabe von Frau Dr. Castelli darin bestehen, die Familienhintergründe und den Stammbaum jedes einzelnen Bewohners unseres Ortes zurückzuverfolgen, und zwar anhand des Kirchenarchivs, das bei uns bis aufs Jahr 1634 zurückgeht.«

Die unterschiedliche Ausführlichkeit der beiden Vorstellungen kündete nicht etwa von einer Feindseligkeit gegenüber Pazzi, sondern beruhte vielmehr auf dem Umstand, dass der Bürgermeister, nachdem er Piergiorgio rechts und Frau Dr. Castelli links von sich hatte Platz nehmen lassen, mehr oder minder das gesamte Abendessen über sich nach links gewandt und den armen Piergiorgio fast völlig ignoriert hatte.

»Die durch Frau Dr. Castelli durchgeführte Rekonstruktion wird dazu dienen, ohne jede Ambiv-, Ambig-, also mit absoluter Sicherheit festzustellen, wie eng die Verwandtschaftsbeziehungen zwischen uns allen sind, ja, sodass sich unser genetisches Erbe zweifelsfrei zuschreiben lässt.«

Denn, zugegeben, wahrscheinlich lag Professor Ferroni nicht völlig falsch, wenn er Frau Dr. Castelli als klassische Vertreterin der Scuola Normale und Nervensäge erster Güte bezeichnete, aber er hatte dabei die Tatsache übergangen, dass sie auch eine ausgesprochene Schönheit war. Von nordischem Aussehen, unterkühlt und vielleicht nicht sehr freundlich; aber genau von dem äußerlich kalten Typus, den sich der Durchschnittsitaliener als die eisige Oberfläche vorstellt, die den Gipfel eines Vulkans umgibt, solange er untätig bleibt. Gewiss, draußen ist es kalt, aber das sind nur die äußeren Bedingungen; drinnen sieht es völlig anders aus.

Der Abendempfang für die neu eingetroffenen Gäste hatte ein paar Stunden zuvor damit begonnen, dass die beiden Wissenschaftler im Haus des Bürgermeisters vorstellig geworden waren. Dieser hatte ausdrücklich Wert darauf gelegt, sie schon vor dem offiziellen Abendessen, an dem ein Gutteil der Dorfbewohner teilnehmen würde, persönlich kennenzulernen und bei sich zu Hause zu empfangen. Der Herr Bürgermeister – mit Namen Benvenuti Armando – erwies sich als etwa sechzigjähriger Provinzkavalier mit offenem Blick, gerader Haltung und der gelassenen Ausstrahlung eines Mannes, der weiß, dass das Leben es gut mit ihm meint und er sich das auch redlich verdient hat. Nun ließ er den Neuankömmlingen wie jeder gute Gastgeber eine kleine Hausführung angedeihen. Zunächst zeigte er ihnen den Wohnbereich, hielt vor dem Panoramafenster im Esszimmer inne, um sie an dem prächtigen Ausblick teilhaben zu lassen, und führte ihnen anschließend die großzügige gemauerte Küche vor. Dann geleitete er sie in den Garten, wo ein Belvedere den Blick auf das ganze Tal freigab; neben einigen Obstbäumen befand sich ein Kräutergarten, in dem auch zwanzig verschiedene Sorten scharfe Paprika wuchsen, dazu einige äußerst seltene Salbeiarten. Schließlich führte er die Gäste ins Untergeschoss und verkündete, während er eine kleine feuerfeste Tür öffnete, mit gespieltem Gleichmut:

»Und nun kommen wir zum wichtigsten Teil des Hauses.«

Piergiorgio hatte einen Weinkeller erwartet und sich schon ein paar anerkennende Floskeln zurechtgelegt – *Mamma mia*, das ist ja großartig, was für ein Jahrgang ist das hier, wie lange haben Sie denn gebraucht, um sich so eine Kollektion anzulegen –, was man halt so sagt, wenn man die Sammlung eines leidenschaftlichen Connaisseurs besichtigt, von deren Gegenstand man keinen blassen Schimmer hat; doch diese Worte konnte er sich glücklicherweise sparen, denn der Keller, in den Bürgermeister Benvenuti sie treten ließ, war tatsächlich beeindruckend. Nicht wegen der Weine – das hätte Piergiorgio nicht zu beurteilen vermocht –, sondern wegen der Räumlichkeit an sich. Der eigentliche Keller, in den man durch eine Bodenluke gelangte, war aus dem Tuffstein gegraben: gut einhundert Quadratmeter voller in den Stein gehauener Nischen, mit etwa einem Dutzend grober Säulen, auch diese aus dem Tuff gehauen und auch darin eine Reihe von Nischen, alles voller Flaschen.

Während Piergiorgio und Margherita, die Philologin, sich umsahen, lächelte Benvenuti und zog eine Flasche aus einem der vielen kleinen Hohlräume.

»Hier kommt ein kleiner Aperitiv, und dann nehmen wir noch mit, was wir beim Abendessen trinken werden. Sie sind heute in jeder Hinsicht meine Gäste.«

»Entschuldigen Sie«, sagte Margherita und ließ ihren Blick weiter durch den Raum schweifen, »sind wir nicht in einer Trattoria verabredet?«

»Doch, doch, wir gehen ins ›Pignata‹«, sagte Benvenuti. »Gleich hier oben am Berg. Aber das Rohmaterial stelle ich zur Verfügung. Schließlich haben wir wichtigen Besuch.«

»Wie meinen Sie das?«

»Kommen Sie, folgen Sie mir. Das Beste müssen Sie erst noch sehen.«

Sie gingen die Treppe hoch, der Bürgermeister klappte die Luke zu und ging auf ein zweites Metalltürchen zu, das etwas Aseptisches an sich hatte. Er öffnete es, machte eine ausgreifende Geste und sagte:

»Bitte sehr.«

Dass der Bürgermeister ein leidenschaftlicher Jäger war, hatten die beiden im Laufe ihres Besuchs begriffen, sowohl anhand der Glasschränke, in denen ein knappes Dutzend Karabiner ausgestellt waren, als auch wegen der Trophäen – ein Hirsch und ein Wildschwein oder richtiger ihre jeweiligen Köpfe –, die die Gäste von der Nordwand des Wohnzimmers mit gläsernem Blick begrüßt hatten. Dennoch brauchte Piergiorgio einige Sekunden, um diesen Raum mit dem gefliesten Boden, dem Metallwaschbecken und der Kühltruhe sowie den Jagdtrophäen zusammenzubringen. Anders gesagt: Er brauchte einige Sekunden, um zu verstehen, dass der Herr Bürgermeister eine Metzgerei im Haus hatte.

Margherita hingegen begriff auf der Stelle und wurde kalkweiß.

Und während die zwei sich umsahen, ohne zu wissen, was sie dazu sagen oder ob sie überhaupt etwas sagen sollten, versetzte ihnen der Herr Bürgermeister den Gnadenstoß:

»Ich sagte ja, Sie sind heute in jeder Hinsicht meine Gäste. Alles, was Sie heute Abend zu sich nehmen werden« – der Bürgermeister griff sich mit eleganter Geste an die Brust – »habe ich erlegt. Höchstpersönlich.«

Was der Bürgermeister so alles gesagt hatte, um das gesellige Beisammensein nach dem Abendessen zu eröffnen, mochte durch den Alkohol vernebelt sein, aber es traf durchweg zu; insbesondere, was die Küche von Meister Stelio betraf. Umso mehr, als ein Blick auf die Speisenfolge, die unerbittlich das Repertoire einer toskanischen Dreigroschen-Trattoria abzubilden schien – »Gemischter Vorspeisenteller mit Schinken und Crostini«, »Tagliolini mit Trüffeln«, »Im Ofen geschmorter Hase mit Kartoffeln«, all das mit dickem Filzstift von Hand geschrieben, in Anführungszeichen und auf einem gelben Blatt Papier –; umso mehr also, als diese Aussicht Piergiorgios Erwartungen beträchtlich hatte sinken lassen.

Dazu kam noch der diplomatische Zwischenfall, der sich ereignet hatte, als der Inhaber und Koch des Restaurants persönlich die Vorspeisen an den Haupttisch brachte – wo der Bürgermeister, die Gäste, die Ratsherrn und einige andere halbwegs kultivierte Menschen saßen. Er trat also neben die Philologin, in der Hand einen ordentlichen Teller schön dünn geschnittenen toskanischen Schinken, dazu Crostini mit gebackener Schweinsleber. Die junge Frau drehte sich zu ihm, hob die Hand und sagte freundlich:

»Ich bin vegan.«

Der Gastgeber packte mit seiner freien Linken die Hand der jungen Frau und schüttelte sie enthusiastisch.

»Freut mich, Signorina. Ich bin Stelio.«

Und damit knallte er ihr den Teller vor die Nase, stolz wie Oskar.

»Lecker, unser Schinken, was?«

Piergiorgio, der der Philologin aus dem Schlamassel geholfen hatte, indem er sich galant des Schinkens bemächtigte, nickte begeistert. Sprechen konnte er nicht, mit vollen Backen. Und selbst wenn er dazu in der Lage gewesen wäre, hätte er es nicht getan, aus Angst, das Aroma entfliehen zu lassen. Ein Aroma, nein: eine ganze Reihe von Aromen, wie Piergiorgio sie noch nie bei einem Schinken erlebt hatte: Fruchtnoten und Nuss, zweifellos, im mageren Teil, während das Fett (das sonst ja gerne entfernt wurde) rosig war und einen rauchigen Duft hatte, süßlich, angenehm und lang anhaltend.

»Ich und Stelio, wir nehmen das mit dem Schinken sehr ernst. Angefangen mit der Sau, da läuft alles, wie sich das gehört. In seinem letzten Monat kriegt das Tier außer den Eicheln auch Honig und Kastanien gefüttert, das gibt dem Fleisch seinen Duft. Und dann wird jedes Tier täglich mit einem eigens dafür gefertigten Werkzeug gebürstet, zur Anregung des Kreislaufs und damit das Fett gesund bleibt.«

Während Piergiorgio ausgiebig kaute und insgeheim die paradoxe und liebenswerte Fürsorge pries, die ein Nutztierhalter, der diesen Namen verdiente, den ihm anvertrauten Geschöpfen angedeihen ließ, bevor er sie schlachtete, erging sich der Bürgermeister in technischen Details.

»Wenn der Schinken so weit ist, kommt er in die Räucherkammer, das ist der wärmste Raum im Haus, gleich neben dem Kamin, wo wir auch Wacholderzweige verfeuern. So nimmt der Schinken das Aroma von Wacholderholz an, und nicht etwa das der Beeren, wie es diese Barbaren in der Garfagnana machen. Das schmeckt ja wie Hustensaft.«

»Ich begreife nicht, wie Sie so was tun können«, sagte Margherita, während sie ein Stück Brot zerkrümelte. »Armes Tier. Erst wird es mit Obst gefüttert, massiert, gehätschelt. Grade, dass es nicht heiß gebadet wird. Und dann schleppt ihr es in eine Kammer, verpasst ihm eine Kugel und fertig, jetzt gibt's Schinken. Versetzen Sie sich doch einmal in dieses arme Geschöpf. Eben ist es noch völlig glücklich, und eine Sekunde später ...«

Der Bürgermeister reagierte sichtlich gekränkt.

»Signorina, wofür halten Sie uns eigentlich?«

Und indem er sich zu Margherita drehte, holte der Erste im Dorfe aus:

»Also, schauen Sie, der Tag, an dem das Schwein geschlachtet wird, ist schon fast eine griechische Tragödie. Ist Ihnen klar, was für ein Ritual damit verbunden ist?«

Nein, sagte Margheritas Gesicht, und ich verzichte auch gern darauf, es zu erfahren. Aber der Bürgermeister tat, als hätte er nichts gemerkt.

»Wissen Sie, dass an der Schlachtung eines Schweins die ganze Familie beteiligt ist?«

»Das kann ich mir schon vorstellen«, sagte Margherita, die das Thema allmählich zu reizen begann. »Ganz leicht wird es wohl nicht sein, so einen Kandidaten einzufangen und ins Schlachthaus zu zerren.«

Der Bürgermeister lächelte.

»Da sind Sie auf dem Holzweg, Signorina. Um ein Tier zu töten, das so fett ist, dass es sich fast nicht auf den Beinen halten kann, genügt rein theoretisch ein Mann.«

Margherita starrte den Bürgermeister ungläubig an. Piergiorgio, dessen eingedenk, was er am Nachmittag gesehen hatte, nickte unwillkürlich, während der Bürgermeister weitersprach.

»Der Metzger geht hin, betäubt es mit dem stumpfen Ende des Beils, packt es an den Hinterläufen, hängt es auf und fertig. Wenn das Schwein hängt, wird es aufgeschlitzt und verblutet. Eine schnelle, sichere, saubere Sache. Warum, glauben Sie, wird also die ganze Familie an der Schlachtung des Schweins beteiligt, einschließlich der Kinder?«

Margherita schüttelte kaum merklich den Kopf, sagte aber kein Wort.

»Weil das Schwein Mitglied der Familie ist, Signorina. Die Kinder kennen es, sie haben gesehen, wie es geboren ist, und haben mit ihm gespielt. Der Herr des Hauses hat es aufgezogen, er hat es massiert, hat es aufwachsen sehen. Alle Angehörigen des Hauses haben es aufwachsen sehen. Einer allein könnte es niemals über sich bringen, das Schwein zu töten.«

Der Bürgermeister wartete ein wenig, damit seine Worte sich im Bewusstsein seiner Zuhörer setzen konnten, dann fuhr er fort:

»Wenn wir uns aber gegenseitig stärken, alle zusammen, dann können wir es schaffen. Und wir schaffen es, indem wir einem Ritual folgen, mit genau festgelegten Zeitpunkten, Rollen und Handlungen. Ein Ritual, das bis in die letzte Einzelheit geregelt ist. Nicht weil wir Wilde wären, die versuchten, sich die Götter gewogen zu machen, sondern weil man sich, wenn einen der Mut verlässt – und diese Momente gibt es, das versichere ich Ihnen –, schlichtweg ans Ritual halten und weitermachen kann.«

Margherita sah den Bürgermeister wortlos an, und der schloss:

»Ein Schwein zu töten, fällt unter die Verantwortung aller. Und dieser Verantwortung wird nach einem Ritual Genüge getan, das Orientierung gibt. Andernfalls, das garantiere ich Ihnen, geht das Schwein an Altersschwäche ein.«

Von da aus kam das Gespräch auf Rituale und ihre Bedeutung, wobei die Philologin bemüht war, eine Parallele zwischen dem Mittelalter und der Moderne zu ziehen, und der Bürgermeister, der allmählich ziemlich angeheitert war, ihr gekonnt und höflich die Bälle zuspielte, den Blick freilich immer weniger auf Höhe ihrer Augen. Unterdessen hatte Piergiorgio, den das Gerede über die dunklen Jahrhunderte nicht sonderlich interessierte, einer doppelten Portion Tagliolini mit Trüffeln ohne Mühe den Garaus bereitet und ließ sich nun mit der beseelten Miene einer Katze, die sich am Herd zusammengerollt hat, die letzten Stücke vom Hasen auf der Zunge zergehen. Innen hauchzart, knusprig auf der Außenseite, in einer Sauce mit genau der richtigen Menge Kartoffeln dazu, die eine geradezu poetische Qualität hatten. Und um Kartoffeln in Poesie zu verwandeln, muss man schon etwas auf dem Kasten haben, das wird der geneigte Leser nicht leugnen.

»War's recht, ja? Ist schon was Feines, unser ›Hase unter der Schale‹«, sagte Stelio, während er den leeren Teller abräumte. »Einen kleinen Nachschlag?«

»Nein danke, ich bin satt. Ich hatte schon das Vergnügen, mich um die Portion der jungen Dame zu kümmern.«

»Ach, Fräulein Vegana, haben Sie den Hasen ihm überlassen? Hat's Ihnen denn nicht geschmeckt?«

»Doch, doch«, sagte Margherita lächelnd, »aber die Nudeln waren schon sehr reichlich, und ich esse abends nicht so viel.«

»Na, Sie werden mir doch nicht erzählen wollen, dass Sie auf Ihre Linie achten müssen?«, sagte Stelio mit einem galanten Augenzwinkern. »Dem Herrn Bürgermeister gefallen Sie sicher gerade, wie Sie sind.«

»Sei ruhig, du Säckel. Da drüben sitzt meine Frau.«

»Och, aus einem alten Huhn kann man höchstens noch Suppe kochen. Ist bei meiner natürlich auch nicht anders. Die Signorina wiederum …«

»Geh, mach dich wieder in der Küche zu schaffen, ja? Und bring uns den Kaffee, wir kommen jetzt gleich zum offiziellen Teil.«

Während Stelio sich trollte, drei leere Teller auf dem Arm, hatte Piergiorgio noch eine Frage:

»Wieso eigentlich ›Hase unter der Schale‹?«

Der Bürgermeister schenkte sich das x-te großzügig bemessene Glas Rotwein ein und nickte kräftig.

»Tja, die Schale. Stimmt, das kennt ihr nicht, aber bei uns wird Kaninchen traditionell so zubereitet, anderes Kleinwild auch. Die Schale ist so ein gusseisernes Ding, das aussieht wie ein Bügeleisen, eines von diesen dicken aus Großmutters Zeiten, Sie wissen schon, oder?«

Piergiorgio schüttelte den Kopf. Der Bürgermeister, der inzwischen ordentlich geladen hatte, bekam davon nichts mit.

»Also, so ähnlich sieht das aus, nur ohne die Metallplatte unten. Man nimmt das Karnickel und legt es auf die Bratfläche im Holzofen, und dann kommt die Schale oben drauf.«

Der Bürgermeister vollführte eine Geste, als legte er ein massives Bügeleisen auf ein imaginäres Kaninchen.

»Dann wird die Schale von außen mit glühenden Kohlen bedeckt, damit das Eisen heiß wird und das Kaninchen schön durch. Die Schale bildet für das Kaninchen eine Art Hülle, das ist nicht wie im Ofen, wo die Luft rundherum in Bewegung bleibt, und so wird das Kaninchen schön durch und bekommt auf der Außenseite eine herrlich braune Kruste. Das geht ganz fix. Es behält den ganzen Saft und bleibt im Inneren wunderbar zart. Das ist bei uns die traditionelle Zubereitungsform. So und nicht anders brät man Kaninchen. Die Tradition will es so, fertig, aus.«

»Apropos Traditionen«, sagte Piergiorgio, »da wollte ich Sie noch was fragen. Was genau ist die Festa della Panca?«

Ein Leuchten zog über das Gesicht des Bürgermeisters.

»Da schau mal einer an. Was wissen Sie denn von der Festa della Panca?« (Man konnte die Großbuchstaben förmlich hören, auch wenn die Aussprache des Bürgermeisters schon seit einer ganzen Weile einen alkoholischen Beigeschmack hatte.)

»Heute Nachmittag habe ich einen gesehen, der einen Baumstamm trug, so dick wie ein Ochse. Ich habe mir sagen lassen, dass er dafür trainiert ...«

»Ja, die Festa della Panca ist eine wunderbare Sache. Sie findet bei uns jedes Jahr zu Sant'Antonio statt. Wir feiern damit den Jahresanfang. Also, das Ganze geht so vonstatten ...«

In diesem Moment kam Stelio mit dem Kaffee.

»Bitte schön. Der ist gut für die Verdauung, dann bekommen Sie auch die offiziellen Reden gut hin.«

Der Bürgermeister blieb bei dieser Unterbrechung hängen und starrte auf den Espresso:

»Wie viel Uhr ist eigentlich? Allmächtiger, höchste Zeit. Fast zehn schon. Jetzt müssen wir aber mal loslegen, sonst schlafen uns die Leute ein. Auf geht's, trinken wir rasch den Kaffee und dann fangen wir an. Die einen stehen, die anderen sitzen, heißt es bei uns, und jetzt ist Sitzen dran.«

Damit stürzte er die schwarze Brühe herunter, erhob sich und eröffnete den offiziellen Teil des Abends.